JN303456

オペラ対訳
ライブラリー

ROSSINI
Il Barbiere
di
Siviglia

ロッシーニ
セビリャの理髪師

坂本鉄男=訳

音楽之友社

本シリーズは、従来のオペラ台本対訳と異なり、台詞を数行単位でブロック分けして対訳を進める方式を採用しています。これは、オペラを聴きながら原文と訳文を同時に追える便宜を優先したためです。そのため、訳文には、構文上若干の問題が生じている場合もありますが、ご了承くださるようお願いいたします。

ロッシーニ《セビリャの理髪師》目次

あらすじ　5
まえがき　13

対訳
第1幕　ATTO PRIMO　17
〈導入部〉静かに、できるだけ静かに
　Piano, pianissimo（フィオレッロ） ········· 18
〈カヴァティーナ〉ほら、空には晴れやかに
　Ecco ridente in cielo〔朝のセレナード〕（伯爵） ········· 20
〈カヴァティーナ〉ラ ラン ラ レラ
　La ran la lera〔あっしは町のなんでも屋〕（フィガロ） ········· 25
〈カンツォーネ〉貴女が私の名前をどうしても知りたいならば
　Se il mio nome saper voi bramate（伯爵） ········· 42
〈二重唱〉万能にして不思議な力を持つ
　All'idea di quel metallo（フィガロ） ········· 46
〈カヴァティーナ〉一つの声が、少し前に〔今の歌声は〕
　Una voce poco fa（ロジーナ） ········· 52
〈アリア〉中傷はそよ風のようなもの〔陰口はそよ風のように〕
　La calunnia è un venticello（バジリオ） ········· 62
〈二重唱〉それでは私ではないの…
　Dunque io son...（ロジーナ） ········· 70
〈アリア〉わしのようなドクターに向かって
　A un Dottor della mia sorte（バルトロ） ········· 76
〈第1幕フィナーレ〉おーい、この家の… 人たちよ…
　Ehi, di casa... buona gente...（伯爵） ········· 79
〈第1幕フィナーレのストレッタ〉だが、貴方…
　Ma signor...（バルトロ） ········· 98

第2幕　ATTO SECONDO　101
〈二重唱〉天の平和と喜びが貴方とともに
　Pace e gioia in ciel vi dia（伯爵） ········· 103
〈アリア〉愛が真実の敗れることのない情熱をもって
　Contro un cor che accende amore（ロジーナ） ········· 111

〈アリエッタ〉お前が私のそばにいると
  Quando mi sei vicina（バルトロ） ……………………………… 113
〈五重唱〉ドン・バジリオ！… Don Basilio!...（ロジーナ） ………… 120
〈アリア〉老いぼれは嫁をもらいたくて
  Il vecchiotto cerca moglie（ベルタ） …………………………… 130
〈嵐〉………………………………………………………………………… 137
〈三重唱〉ああ、なんという思いがけない打撃！…
  Ah qual colpo inaspettato!...（ロジーナ） …………………… 140
〈アリア〉もう、逆らうのは止めるのだ
  Cessa di più resistere（伯爵） ………………………………… 149
〈第2幕フィナレット〉このような幸せな結びつきは
  Di sì felice innesto（フィガロ） ………………………………… 153

訳者あとがき　155

あらすじ

第1幕[(1)] **バルトロの家のバルコニーに面した広場、そして、バルトロの家の中**

第1場 舞台はスペイン南部の都市セビリャのとある小さな広場。その広場に面して医師ドン・バルトロの家がある。時は早朝、まさに夜が明けようという頃。通行人はまったくない。スペインの若い貴族アルマヴィーヴァ伯爵は、首都マドリードのプラド美術館でバルトロの娘だといわれる若い美女ロジーナを見初めた。だが、彼女が少し前に家族と一緒にセビリャに引っ越してしまったため、彼女を諦め切れない伯爵は娘のあとを追って、自分も遠路はるばるセビリャまでやってきた。セビリャでは伯爵は毎日朝から晩まで彼女の家の周囲をうろうろし、彼女と話せる機会を待ち受けていたがうまい機会に恵まれない。この日の朝は、家来のフィオレッロに命じて楽師の一団を雇い、早起きの彼女がバルコニーに涼を取りに出てくるのを待って、セレナードに託し恋心を打ち明けようとしたが、彼女が現れないばかりか、予想以上の礼金をもらった楽師たちが口々に大きな声でお礼を言うため大騒ぎになり、計画は失敗する。

第2場 伯爵が諦めかけていたときに、歌を歌いながらやってくる者がいる。隠れて様子を見ていると、それは昔の従者フィガロではないか。再会した元の従者と主人は、それぞれフィガロは自分が現在この町で床屋兼なんでも屋をする有名人になっていること、伯爵は一目惚れした娘のあとを追ってこの町にお忍びでやってきたことを打ち明ける。また、伯爵はフィガロがバルトロの家にもよろず引き受け屋として自由に出入りできる人間であり、また、医師バルトロが伯爵の恋する美女ロジーナの父親などではなく後見人であることも知って喜ぶ。

[(1)] 第1幕は、舞台の設定が第4場と第5場の間で変わるため、演出によっては、この原作リブレットとは違って、第1幕を「広場」と「室内」の2場仕立てで上演することもある。

第3場[2] ロジーナは日参してくる若者に興味を抱きラブレターを渡そうと思っていたが、後見人バルトロに見咎められ咄嗟に「新しいオペラ《無駄な用心》のアリアの文句です」と言い逃れ、同時にわざと手紙をバルコニーから道に落とし、恋人の手に渡すことに成功する。だが、勘の鋭いバルトロはロジーナに誰かが忍び寄っていることを察し、ロジーナを家に閉じ込めておく決心をする。

第4場[3] 伯爵は、ロジーナの手紙をフィガロに読ませ、彼女が自分に興味を抱き、名前や身分を知りたがっていること、後見人の監視が厳しく一人でバルコニーにも出られない状態にあることも知る。同時に、フィガロの口から、バルトロは後見人の立場を利用して彼女の遺産を自分のものにするため年甲斐もなく彼女との結婚を計画していることを知る。そのとき、ドアが開いてバルトロが外出するが、出がけに今日中にロジーナと結婚することを誓い、ドン・バジリオが来たら待たせておくように言いつける。こうして伯爵はバルトロの決心とロジーナの歌の先生である狡猾で欲の深いバジリオについても知ることができた。今や時間が切迫している。伯爵は人任せでなく自分で行動を起こすようにフィガロに勧められ、ギターを弾き歌に託してロジーナの質問に答えることにするが、彼女が自分の身分や財産に惹かれて結婚することを恐れ、偽名を使い身分を隠して、「自分の名前はリンドーロで、貧しい若者だが貴女を心から愛し結婚を熱望している」と告白する。ロジーナから快い愛の返事を受けた伯爵は、いっそう恋心を煽られてフィガロに助けを求めるが、フィガロも伯爵からの大きな報酬の約束に心を動かされ知恵を絞ることを誓う。フィガロは、手始めに、伯爵がちょうど町に着いたばかりの騎兵連隊の酔った兵隊に扮装して宿泊命令書を手にバルトロの家に現れるように指示する。それから、連絡のときの用心に伯爵に自分の店の場所を教える。伯爵は燃え上がる恋心に意気揚々となり、フィガロも大金の入る目処ができて意気揚々となる。フィガロはバルトロの家に入り、伯爵は立ち去る。

---

[2] オペラでは、演出などの都合で、第3場から第4場の初めの部分まで省略されることもある。
[3] 第3場の註で述べたように、第4場の初めの部分は省略されることがある。

第5場 ロジーナただ一人。バルトロの家の居間で、ロジーナはリンドーロ宛てに書き上げた手紙を手にしながら、「今の歌声に私の心は恋の痛手を受け、後見人のどんな邪魔もはねのけ、なんとしてもリンドーロを自分のものにしてみせる」と固い決心を歌うが、肝心の手紙に封をしたもののどうしたらリンドーロに届けることができるものかと思案している。

第6場 そこへフィガロがロジーナの様子を見に現れ、彼女から後見人に見張られている生活についての愚痴を聞いていると、バルトロが戻ってきたのでフィガロは隠れる。

第7場 外から帰ってきたバルトロはフィガロが何か企(たくら)んでいると察し、自分の留守中に床屋が来たかどうかロジーナを詰問し、続いて家政婦のベルタと下男のアンブロージョにも聞くが、フィガロに薬として阿片を飲まされた下男はあくびばかりし、くしゃみ薬を嗅がせられた家政婦はくしゃみばかりしていてろくに答えられない。

第8場 そのとき、ロジーナを愛しているアルマヴィーヴァ伯爵が町に着いたことを知らせにバジリオが来たので、バルトロはなにがなんでも明日中にロジーナとの結婚を成立させる決心を伝える。バジリオは伯爵が市民に後ろ指をさされ、町にいられなくするために中傷を流すことを提案し、中傷がいかに恐ろしい結果を招くかを長々と説明する。だが、バルトロは中傷の恐ろしさは分かったが、そんな時間的余裕はないと提案を拒否し、結婚してしまえばあとはこちらのものだと、バジリオを連れて結婚証書の作成のため自室に引きこもる。

第9場 陰ですべてを聞いてしまったフィガロは、ロジーナに彼らが明日中に結婚式を挙げてしまおうとしている企みを伝え、ロジーナはそんなバルトロの手には乗らないと宣言する。そして、フィガロから「リンドーロは彼の従弟で心の奇麗な貧しい学生だが、恋の病に陥っている大きな欠点がある」と聞く。ロジーナはしつこくその相手の恋人の消息を聞き出そうと試み、結局は自分こそがリンドーロの愛する人だと言わせてしまう。フィガロはリンドーロに会いたくてたまらないロジーナに、手紙を書けば届けてやると約束するが、恥ずかしそうなふりをして見せるものの、彼女が実際に既に手紙を書いてしまっていることを知り、今更ながらにロジーナの知恵が自分以上に長(た)けていることに驚く。フィガロは手紙を受け取って

出ていく。

第10場 バルトロは、再びロジーナにフィガロが何をしに家にやってきたのかと詰問し、また、用箋の数が少ない上に彼女の手がインクで汚れていることなどから、彼女がなぜ手紙を書いたのかを聞き出そうとする。一方、ロジーナもいろいろな嘘をでっち上げ言い逃れをしようとする。結局、バルトロは自分のような経験豊かな人間を騙すことはできないのだから白状するようにと迫り、白状しないのなら今後は自分が外出するときには厳重に見張りをさせると言い渡す。

第11場[(4)] ロジーナはただ一人でバルトロの前の言葉に反駁(はんばく)して、女性を閉じ込めるとかえって怖い結果になるからと言う。

第12場 家政婦のベルタが出てきて、バルトロとロジーナの反目を説明し独り言を言っているときに、表の扉を叩く音が聞こえ、あわてて出て行く。

第13場 酔った兵隊のふりをした伯爵が「家の者はいないか」と大声をあげる。驚いて出てきたバルトロに自分はこの家に宿泊するように軍の命令書をもらっていると言いながら、わざと間違えたふりをしてバルトロに似た馬鹿げた苗字を並べ立てる。しかも、連隊にいる多くの馬の蹄鉄工だから自分も同じドクター仲間だなどと出鱈目を言いながらロジーナの姿を探すが、見つからないでいらいらする。

第14場 ロジーナが騒ぎを聞きつけて出てきて、伯爵の扮する兵隊に「自分がリンドーロだ」と告げられるが、バルトロに部屋に入っているように追い立てられる。やがて、バルトロは宿泊義務の免除証明書を見つけ出すが、伯爵はこれを手で払い飛ばしてしまう。怒ったバルトロはステッキで叩き出すと脅かすが、酔っぱらいのふりをする伯爵はサーベルを抜いて戦争ごっこの真似を始める。伯爵はどさくさにまぎれて手紙をロジーナに渡したが、バルトロに気づかれてしまい、手紙を渡すように要求される。ロジーナは手紙をうまく洗濯物リストとすり替えバルトロに渡したので、これを読んだバルトロはかえって窮地に陥る。わざとヒステリーを起こして泣くロジーナをかばうふりをして伯爵はサーベルを抜き、バルトロを殺すと叫ぶ。一同大声で助けを求める。

[(4)] ロジーナだけの場で、この場も全部カットすることがある。

第15場 フィガロが現れ、この騒ぎで町の半分の人が戸口に集まっていると言いながら二人を制するが、今や遅し。兵士が戸口を叩くのが聞こえる。
最終場 兵士を連れた士官が入ってきて、騒ぎの原因調査のため一同の尋問を始めるが、伯爵が原因だとして逮捕しようとする。だが、伯爵に一枚の紙を見せられた士官は、驚いて一礼をして兵士を連れて立ち去る。残された者たちも、互いに驚き立ちすくんでいる様子を描写し合う。

第2幕[5] バルトロの家の中
第1場 バルトロがただ一人で、あの兵隊を知っている者が連隊中にいないことから、彼はアルマヴィーヴァ伯爵がロジーナの心を探りに送り込んだ者に違いないと言い、また、自分の家の中でさえ安全でないとはと悲しんでいる。そのときドアをノックする音が聞こえる。
第2場 入ってきたのは伯爵の扮する僧服を着た音楽教師のドン・アロンソである。馬鹿丁寧な挨拶を繰り返した後で、ドン・バジリオが病気のため自分がロジーナの歌のレッスンの代稽古に派遣されたと偽る。バルトロはどこかで見た顔だと訝るが見破ることができない。伯爵はバジリオの病気見舞いに行こうとするバルトロを引き止めるのに苦労する。結局、自分の宿にアルマヴィーヴァ伯爵が同宿していることから偶然にこの手紙が手に入ったのだと前置きをしてから、ロジーナがリンドーロ宛てに書いた手紙を見せる。そして、自分がこの手紙をロジーナに見せて、伯爵がリンドーロを使ってロジーナを弄ぼうと計画しているのだと信じ込ませてあげようと提案し、バルトロも彼をすっかり信用して大喜びで同意する。伯爵は、自分でも途方もない計画を提案したものだと一時は後悔するが、これしか彼女に近づける策はなかったのだと自分に言い聞かせる。
第3場 レッスンのため呼ばれたロジーナは、歌の教師のアロンソとは自分が愛するリンドーロだと気づいて驚き声を上げるが咄嗟にごまかす。愛する二人は、そばを離れないバルトロが居眠りをしているのを利用して恋

---
[5] 第2幕はすべてバルトロの家の中で展開するが、演出によっては第8場後半の〈嵐〉の場を境に、2場仕立てにすることもある。

を語り合うが、途中でバルトロが目を覚まし、アロンソがロジーナの声を褒めるのに気を良くして、自分も昔の歌手の真似をして踊る。ちょうどそのときフィガロが金だらいを小脇に抱えて入ってきて、バルトロの真似をして面白おかしく踊る。彼は、今日は顔剃りは嫌だと言うバルトロに、自分は上客を大勢抱える忙しい床屋だから今を逃せばいつバルトロの番がくるか分からないと半ば脅し、無理に顔剃りに同意させてしまう。顔剃り用の布類を取りに奥の部屋に行かねばならないが、バルトロはフィガロがロジーナの手紙を伯爵に届けたと疑っているため、二人のそばにフィガロを残しておきたくない。ようやくのことで鍵束を渡されたフィガロは、そっとロジーナに教わった鎧戸の鍵を抜き取ってしまう。奥の部屋でフィガロが食器類を壊すなどの騒ぎの末、やっと顔剃りが始まる。

第4場 ちょうどそのとき、ドン・バジリオが現れる。皆は計画が駄目になると驚くが、伯爵扮するアロンソは、バルトロには手紙のことを知らないバジリオがいるのはまずいと言い含め、バジリオには金包みを握らせて、何かおかしいと気づきはじめたバジリオを皆で無理に病気に仕立て追い出してしまう。バルトロが顔剃りで注意をそらされているあいだに、伯爵はロジーナに真夜中に夜逃げをする計画を打ち明け、彼女も同意した。しかし、彼女の手紙を変装が見破られないために利用したことを説明しはじめたとき、バルトロが「変装」の言葉を聞きつけて立ち上がり、自分が騙されているのに気がついて怒り狂い、皆を追い出す。

第5場[6] バルトロは自分が迂闊であったことを悔やみ、下男のアンブロージョに直ちにドン・バジリオを呼びにいかせ、家政婦のベルタには戸口の監視を命じるが結局は自分が戸口に立ちにいく。

第6場 たった一人部屋に残されたベルタは、この家ではバルトロとロジーナが絶えず仲違いをしているため、ひと時の平和もないと嘆く。また、老人は妻を求め、娘は夫を求めているが、二人を狂わせている恋とはなんだろうと自問し、皆に相手にされない自分の身の上を嘆き悲しむ。

---

[6] この場はバルトロのレチタティーヴォだけで、省略されることもある。

第7場[7] バルトロに連れられて部屋に入ったバジリオは、未だにリンドーロが伯爵だと気がつかないバルトロに、彼こそ伯爵であることを説明する。今や切羽詰まったバルトロは、今夜中に結婚をしてしまうために公証人のところに行くと言うが、バジリオはこんな豪雨だし、今夜は公証人はフィガロの姪の結婚で忙しいと答える。フィガロには甥も姪もいないことを知っているバルトロは、すぐに公証人を呼んでくるようにバジリオに命じる。

第8場[8] バルトロは、公証人の着くのを待っている間に、アロンソが彼に渡したリンドーロ宛ての手紙をロジーナに見せて、アロンソとフィガロが伯爵の手先になってロジーナを騙し、伯爵の腕に抱かせようとしていると信じ込ませる。裏切られたと信じたロジーナは、バルトロに自分と結婚したければ結婚してもよいと言い、しかも、真夜中にフィガロたちがバルコニーに梯子を掛け、盗んだ鍵で鎧窓(よろいまど)を開けて迎えにくることまで打ち明ける。バルトロはすっかり喜び、警察を呼び二人を泥棒として逮捕させるから、ロジーナは奥に引き込んでいるように言う。外では嵐が吹きすさんでいる。嵐が終わりに近づいた頃、ずぶ濡れになったフィガロと伯爵がマントにくるまって入ってくる。フィガロは手にランタンを持っている。

第9場[9] 悪天候のなか、やっと家の中に忍び込んだ伯爵とフィガロはロジーナを探す。だが、やがて現れたロジーナは、抱きしめようとする伯爵を突き返し、自分を騙して伯爵に売り渡そうとしたとなじる。伯爵はロジーナがまだリンドーロを愛していることを確かめた後、時間が切迫しているので、自分はリンドーロではなく、愛する彼女のあとを追ってきたアルマヴィーヴァ伯爵だと名乗りをあげる。ロジーナはあまりのことに驚き感激する。二人の恋人は喜びに浸り、フィガロは自分の機智を自慢する。フィガロは二人の美しいカップルをたたえ、マーキュリーの助けを借りて夫ヴルカヌスに気づかれないように結ばれた美の神ヴィーナスと軍神マースとの神話を持ち出して、自分が縁結びのマーキュリー役を果たしていることを仄(ほの)めかす。フィガロは恍惚としている二人に早く逃げるように催促する

---

[7] バルトロとバジリオの対話であるこの場と、次の第8場は、第8場の〈嵐〉の音楽の前まで省略されることがある。
[8] 前の註で述べたように、この場も大部分省略されることがある。
[9] ここの中の神話の部分はロッシーニは作曲していない。

が、そのときランタンの光と二人組の人影が近づいてくるのに気づく。三人が急いで逃げようとしたが梯子が取り去られているので、慌てて隠れる。

第10場　バジリオが公証人を連れてやってくる。フィガロはバジリオの機先を制し、公証人に、彼が今夜自分の姪とアルマヴィーヴァ伯爵との結婚契約を締結することになっていたが、二人がここにいるから書類の用意を頼むと言う。公証人が書類を出すと、バジリオは慌ててバルトロを探すが、伯爵は彼を脇に呼び、指輪を差し出し、これを受け取るかピストルの弾を撃ち込まれるか、どちらを選ぶかと脅す。こうして伯爵とロジーナは結婚契約書にサインをし、バジリオとフィガロが証人となって無事結婚が成立した。

最終場　バルトロが市の法務官と市警と兵士を連れて入ってくる。バルトロは伯爵とフィガロを泥棒として逮捕するように要求し、市の法務官は伯爵の名前を尋ねる。伯爵はあまりにしつこく尋ねるので身分を明かし、公証人の手から結婚証書を取り法務官に渡し、この女性はわが終世の妻であると宣言する。伯爵はバルトロにお前は邪(よこしま)な怒りを鎮めよと命じ、ロジーナには暴君の力から解き放たれたのだから苦しみを喜びにかえるよう諭す。今や法務官も警官たちも二人を祝福するばかりである。バルトロはバジリオを裏切り者と詰めより、梯子を外したのがかえって結婚を確実にしたことを悔やみ、最後のあがきとしてロジーナの持参金は払えないと言う。だが、伯爵からそのような金はお前にやると言われすっかり安心して、フィガロにからかわれる。今や全員が二人の永遠なる幸福を祝福して幕となる。

まえがき

　この対訳書の底本には、1816年2月20日にローマのテアトロ・ディ・トッレ・アルジェンティーナ（Teatro di Torre Argentina）劇場での初演のために、台本作家チェーザレ・ステルビーニが書き上げたリブレットを使用した。ちなみに、原タイトルは下記のように長いものである。

ALMAVIVA	アルマヴィーヴァ
o sia	あるいは
L'INUTILE PRECAUZIONE	無駄な用心
commedia	ボーマルシェ氏
Del signor Beaumarchais	の喜劇で
Di nuovo interamente versificata, e	ジョアッキーノ・ロッシーニ師
ridotta ad uso dell'odierno teatro	の作曲により
Musicale Italiano	1816年のカーニヴァルに
DA CESARE STERBINI ROMANO	トッレ・アルジェンティーナ劇場
Da rappresentarsi	で上演すべく
Nel nobile teatro	ローマの人チェーザレ・ステルビーニが
DI TORRE ARGENTINA	全編
nel carnevale dell'anno 1816	新たに詩化し、
Con Musica del Maestro	今日のイタリアの歌劇場で
GIOACCHINO ROSSINI	上演できるように短縮したもの

　もちろん、ロッシーニはこのリブレットの全部に作曲したわけではなく、総譜 partitura 作曲中に各所で加筆・削除をしている。本書においては、音楽研究家に資料を提供するために、ステルビーニの書いたリブレットの原文をそのまま掲載し、その右側に和訳を配した上で、註として、読者のイタリア語理解の一助になるような語学上の註のほかに、総譜およびオペラの練習などで最も使用されるスパルティート spartito（ここでは『Opera completa per canto e pianoforte. Vocal score. "Il Barbiere di Siviglia"』）の中だけにある部分も註に「Spart.」と略記して挙げておいた。

　訳者は、できるだけ原文の句の配列に忠実に訳したつもりではあるが、それでは読者に理解できない場合には、あえて句の訳の順序を換えたり、原文にはない

説明的な言葉を〔　〕に入れて加えたところもある。また、リブレットの原文のイタリア語には、現代イタリア語の句読法および正字法とは違ったもの（例えば、コンマやピリオドの使い方、大文字の使い方など）があるが、あくまで元の形を残しておいた。

セビリャの理髪師
Il Barbiere di Siviglia

2幕の喜劇
Melodramma buffo in due atti

音楽＝ジョアッキーノ・ロッシーニ
Gioachino Rossini (1792−1868)
台本＝チェーザレ・ステルビーニ
Cesare Sterbini (1784−1831)

原作＝ピエール・オギュスタン・ボーマルシェ
の戯曲『セビリャの理髪師』(1775)

作曲年＝1816年
初演＝1816年2月20日、ローマ、アルジェンティーナ劇場
台本＝リコルディ版に基づく

登場人物および舞台設定

アルマヴィーヴァ伯爵 Il Conte d'Almaviva ……………………………テノール
バルトロ（医学博士でロジーナの後見人）
　Bartolo, Dottore in Medicina, tutore di Rosina ……………………バス
ロジーナ（バルトロの家にいる金持ちの被後見人）
　Rosina, ricca pupilla in Casa di Bartolo ………………メゾ・ソプラノ
フィガロ（理髪師）**Figaro, barbiere** ………………………………バリトン
バジリオ（ロジーナの音楽教師で偽善者）
　Basilio, Maestro di musica di Rosina, ipocrita ……………………バス
ベルタ（バルトロ家の年寄りの家政婦）
　Berta, vecchia governante in Casa di Bartolo ……………ソプラノ
フィオレッロ（アルマヴィーヴァの従者）
　Fiorello, servitore di Almaviva ……………………………………バリトン
アンブロージョ（バルトロ家の下男）**Ambrogio, servitore di Bartolo** ………バス

士官、アルカルデすなわち法務官、公証人、
Un Ufficiale; un Alcalde, o Magistrato; un Notaro;
アルガジルスすなわち警吏たち、兵士たち、いろいろな楽器の楽師たち
Alguazils, o siano Agenti di Polizia; Soldati; Suonatori di Istromenti

舞台：18世紀、スペインのセビリャ

主要人物歌唱場面一覧

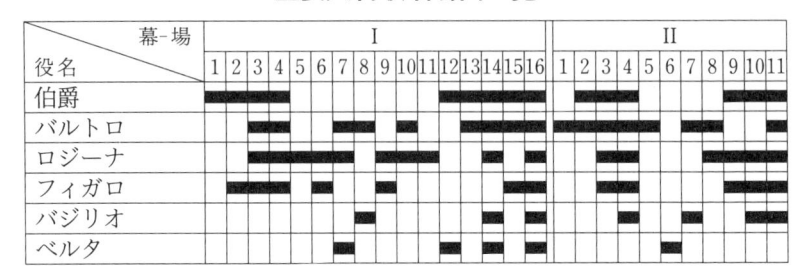

役名＼幕-場	I 1	2	3	4	5	6	7	8	9	10	11	12	13	14	15	16	II 1	2	3	4	5	6	7	8	9	10	11
伯爵	■	■	■	■												■		■	■	■				■	■	■	■
バルトロ						■	■	■	■					■	■	■			■	■	■			■	■	■	■
ロジーナ					■				■				■	■	■	■			■	■	■			■	■	■	■
フィガロ		■	■	■				■	■					■	■	■				■	■			■	■	■	■
バジリオ								■	■					■	■	■					■			■		■	■
ベルタ						■			■						■	■						■				■	■

＊　ボーマルシェの原作では、アルマヴィーヴァは「スペインの大貴族」になっているが、ステルビーニのリブレットでは単に「伯爵」となっているし、また、ロジーナも、ここでは「金持ちの被後見人」になっているが、原作ではやがて大貴族と結婚することになるのを考慮してか「貴族の血筋をひく娘」になっている。このほか、訳註にも書いたように、ステルビーニが創作した登場人物で、バルトロ家の召使いも原作では二人ともスペイン北西部のガリシア地方出身の男性で、一人は老人でもう一人は若いのろまな少年という設定である。

第1幕
ATTO PRIMO

ATTO PRIMO
第1幕

⟨Sinfonia 序曲⟩

Scena Prima　第1場

Il momento dell' azione è sul terminar della notte.
La Scena rappresenta una Piazza nella Città di Siviglia.
A sinistra è la Casa di Bartolo con ringhiera[(1)] *praticabile*
circondata da gelosia[(2)] *che deva aprirsi e chiudersi*
a suo tempo[(3)] *con chiave.*

この出来事が起こる時刻は、夜が明けようとしている頃である。
舞台はセビリャの町のある広場である。左手に歩くことができる
バルコニーのついたバルトロの家があり、バルコニーは必要とあれば
鍵で開けたり閉めたりできる鎧戸（よろいど）で囲まれている。

⟨Introduzione 導入部⟩

Fiorello[(4)] *con lanterna nelle mani introducendo nella Scena vari*
Suonatori di strumenti. Indi il Conte avvolto in un mantello.

カンテラを手にしたフィオレッロが、いろんな楽器の楽師たちを舞台に導いてくる。
そのあとから、マントに身を包んだ伯爵。

FIORELLO
フィオレッロ

(avanzandosi con cautela)
Piano pianissimo
Senza parlar
Tutti con me
Venite qua.

（用心深く前に進みながら）
静かに、できるだけ静かに
口をきかないで
みんな、私について
こっちに来るのだ。

---

(1) ringhiera は、現代語では「手すり」「欄干」だが、古語では「バルコニー」の意味にも使用。
(2) gelosia（女性名詞・単数）は、ここでは「嫉妬」の意味ではなく、「（内側から見られることなく外を覗うことができるように、たくさんの薄い横板を縦に吊るした）鎧戸、シャッター」。
(3) a suo tempo は、「必要なら」「時に応じて」の意味。
(4) フィオレッロは、リブレット作家ステルビーニがロッシーニのオペラ《セビリャの理髪師》用に創作した人物で、ボーマルシェの原作では存在せず、原作ではここからフィガロが登場する。

CORO 合唱	Piano pianissimo Eccoci⁽⁵⁾ qua.	

静かに、できるだけ静かに
はい、はい、私どもはここに参っております。

FIORELLO フィオレッロ	Tutto è silenzio Nessun qui sta, Che i nostri canti Possa turbar.⁽⁶⁾	

あたりは静まり返り
ここには誰もいない、
我々の歌を
邪魔するようなものは。

CONTE 伯爵	*(sottovoce)* Fiorello... Olà...	

(低い声で)
フィオレッロ… おい…

FIORELLO フィオレッロ	Signor, son qua.	

殿、私はここにてございます。

CONTE 伯爵	Ebben...⁽⁷⁾ gli amici⁽⁸⁾?...	

それで… 仲間の者どもは？…

FIORELLO フィオレッロ	Son pronti già.	

皆のものは既に準備ができております。

CONTE 伯爵	Bravi, bravissimi, Fate silenzio, Piano pianissimo Senza parlar.	

皆のもの、あっぱれ、まことにあっぱれじゃ、
黙っているのだ、
静かに、できるだけ静かに
口をきくではないぞ。

---

(5) Eccoci の ci は「我々は」のことで、例えば「私は」ならEccomiとなる。
(6) Non c'e'nessuno che possa turbar i nostri canti. の構文。
(7) Ebbene は、ここでは「さて」と答えを促す働きをする。
(8) gli amici は、「友人たち」というよりここでは「仲間たち」のような意味。

CORO 合唱	Paino pianissimo Senza parlar.

静かに、できるだけ静かに
口をきかないで。

(i Suonatori accordano gl'istromenti, e il Conte canta accompagnto da essi)

（楽師たちは楽器の調子を合わせ、それから伯爵は彼らの伴奏で歌う）

〈Cavatina カヴァティーナ〉

CONTE 伯爵	Ecco ridente in cielo Spunta la bella aurora, E tu non sorgi ancora E puoi dormir così?

ほら、空には晴れやかに
　美しい暁が見え始めましたよ、
　それなのに貴女はまだ起きてこられない
　〔どうして〕そんなに眠れるのですか？

Sorgi, mia bella speme,[9] Vieni bell'idol mio, Rendi men crudo, oh dio! Lo stral[10] che mi ferì.

起きてください、私の美しい希望〔である貴女〕よ、
　〔出て〕来てください、美しい私の愛する人よ、
　おお、どうかこんなに苦しいものでなくしてください！
　私〔の心〕を傷つける〔恋の〕矢を。

Oh sorte[11]! già veggo[12] Quel caro sembiante, Quest'anima amante Ottenne pietà.

なんという運命だろう！　もう見えるぞ
　あのかわいい顔が、
　この〔彼女を〕愛する魂は
　お慈悲を受けたのだ。

---

(9) speme は speranza「希望」の古い形。また、この句は Spart. では、次のように書き直されている。
　　sorgi, mia dolce speme　　起きておくれ、私の甘い希望よ
(10) strale（男性名詞・単数）は、現代語の freccia「矢」の詩形。
(11) sorte（女性名詞・単数）は、「運命」だが、ここでは「幸運」とも訳すことができる。だが、この che sorte!
は、Spart. では、Tacete!「黙って！」に書き直されている。
(12) veggo は、vedere「見る」の直説法・現在・1人称・単数 vedo の古い形で、このオペラではよく使われている。もちろん、ここでは実際に見えていないが、気もそぞろになっているため、「見える」ような気がしているだけ。

Oh istante d'amore!
 Oh dolce contento
 Che eguale non ha.

おお、恋の一瞬よ！
　甘い満足感よ
　これに匹敵するものはほかにはない。

Ehi Fiorello?...

おい、フィオレッロはいるか？

FIORELLO
フィオレッロ
Mio Signore.

殿、〔ここに〕。

CONTE
伯爵
Di', la vedi?...

言え、あの人が見えたか？…

FIORELLO
フィオレッロ
Signor no.

いいえ、殿。

CONTE
伯爵
Ah ch'è vana ogni speranza!

ああ、あらゆる希望は空しいものか！

FIORELLO
フィオレッロ
Signor Conte, il giorno avanza.

伯爵様、夜が明けて参ります。

CONTE
伯爵
Ah che penso! che farò?...
Tutto è vano. — Buona[13] gente!

ああ、なにを考えるべきか？　なにをすべきか？…
すべては無駄になった… 皆のもの！

CORO
合唱
(sottovoce)
Mio Signore.

(低い声で)
わが殿。

CONTE
伯爵
Avanti, avanti.

前へ、前へ〔近づけ〕。

(dà la borsa a Fiorello, il quale distribuisce denari a tutti)

（フィオレッロに財布を渡し、彼は皆に金を分け与える）

---

(13) buona gente のbuona には「善良な」のような意味はなく、身分の低い人たちに親しげに呼びかける一種の慣用的用法で、「皆さん」とか「君たちよ」の意味。

Più di suoni, più di canti
Io bisogno ormai non ho.⁽¹⁴⁾

　もはや音楽も、歌も
　わしには必要はない。

FIORELLO
フィオレッロ

Buona notte a tutti quanti,
Più di voi che far non so.

　皆のもの、さらばだ、
　私ももうお前たちをどうしてよいやら分からぬ。

(i Suonatori circondano il Conte ringraziandolo, e baciandogli la mano, e il vestito. Egli indispettito per lo strepito che fanno li va cacciando. Lo stesso fa anche Fiorello)

（楽師たちは伯爵を囲んでお礼を述べ、彼の手と上着にキスをする。伯爵は、彼らの立てる騒ぎにいらだち、彼らを追い払う。フィオレッロも同じことをする）

CORO
合唱

Mille grazie... Mio Signore...
　Del favore... dell'onore...
　Ah di tanta cortesia
　Obbligati in verità.

　本当にありがとうございます… お殿様…
　　ご好意と… 光栄とに…
　　ああ、このような大変なご親切に
　　私たちは本当にありがたく存じております。

(Oh che incontro fortunato!
È un Signor di qualità.)

（おお、あなた様にお会いできたのは幸せでございます！
　貴方様は筋の正しい殿様でおいでなさる。）⁽¹⁵⁾

CONTE
伯爵

Basta basta, non parlate,
　Ma non serve, non gridate...
　Maledetti, andate via...
　Ah canaglia, via di qua.

　もうよい、もうたくさんだ、話すでない、
　　そんな必要はない、大きな声を出すな…
　　いまいましい奴らだ、立ち去るのだ…
　　ああ、ならず者め、ここから立ち去れ。

---

(14) この2行は Ormai io non ho più bisogno di suoni e di canto. の構文。
(15) ここでは、楽師たちが伯爵から思いがけずたくさんの謝礼を受け取り、伯爵にしつこくお礼を述べ続けるためかえって大騒ぎが起こる。

	Tutto quanto il vicinato 　Questo chiasso sveglierà. 　近所のものたち皆が 　　この騒ぎで目を覚ましてしまうぞ。
FIORELLO フィオレッロ	Zitti, zitti... che rumore!... 　Ma che onore?... che favore!... 　Maledetti, andate via, 　Ah canaglia, via di qua. 　黙れ、黙れ… なんという物音だ！… 　　なに、光栄だと？… なにがご好意だ！… 　　いまいましい奴らだ、立ち去れ、 　　ああ、ならず者め、ここから立ち去れ。
	Ve' che chiasso indiavolato, 　Ah che rabbia che mi fa. 　いいか、なんという大騒ぎだ、 　　ああ、腹が立つわい。

〈Recitativo レチタティーヴォ〉

CONTE 伯爵	Gente indiscreta!... Ah quasi Con quel chiasso importuno Tutto quanto il quartiere han risvegliato. Alfin sono partiti!...[16] 　思慮なき輩め！… ああ、ほとんど 　この迷惑千万な騒ぎで 　界隈全体〔の人〕を起こしてしまったであろうに。 　やっと、奴らは立ち去ったな！… *(guardando verso la ringhiera)* 　　　　　　　　　(E non si vede!) È inutile sperar. *(passeggia riflettendo)* [17] 　（バルコニーの方を眺めながら） 　　　　　　　　（〔彼女はまだ〕見えない！） 　期待しても無駄だ。 　（あれこれ考えながら歩き回る）

---

[16] 伯爵の1行目の後半 Ah quasi 以降 alfin sono partiti!... までは、Spart. ではフィオレッロのパートに書き直されている。
[17] この伯爵のト書きからフィガロの「ラ ラン ラ…」の前まで省略されることが多い。

Eppur qui voglio
Aspettar di vederla. Ogni mattina
Ella su quel balcone
A prender fresco viene in sull'aurora.
Proviamo.) Olà, tu ancora
Ritirati, Fiorel...

それでも、ここで
彼女が見えるまで待っていたい。毎朝
彼女はあのバルコニーの上に
出てきて、夜明けの涼をとるのだから。
試してみることにしよう)。おい、お前はまだ〔そこにいるの
引き下がるがよい、フィオレッロ…　　　　　　└か〕。

FIORELLO
フィオレッロ

Vado. Là in fondo
Attenderò suoi ordini.
(si ritira)

参ります。向こうの奥で
ご指図をお待ちいたしております。
(立ち去る)

CONTE
伯爵

Con lei
Se parlar mi riesce
Non voglio testimoni. Che a quest'ora
Io tutti i giorni qui vengo per lei
Deve essersi avveduta. Oh vedi, amore
A un uomo del mio rango
Come l'ha fatta bella!... eppure!... eppure!
Oh deve esser mia sposa!...

彼女と
もし話ができるなら
証人などいらぬわい。こんな時刻に
わしが毎日ここに彼女のために来ていることは
〔彼女だって〕気づいているはずだ。ああ、見るがよい、恋は
わしのような身分の男に
なんとひどい仕打ちをしたものだ！… だが、それでも！…
彼女はわしの花嫁にならねばならぬ！…　　　└やはり！

(si sente da lontano venire Figaro cantando)
(遠くからフィガロが歌いながら来るのが聞こえる)

第1幕

Chi è mai quest'importuno?...
Lasciamolo passar; sotto quegli archi
Non veduto vedrò quanto bisogna;
Già l'alba è appena, e amor non si vergogna.

いったい誰だ、この邪魔者は？…
奴を行かしてしまおう、あのアーチの下で
見つからないようにして、見るべきことを見届けるとしよう。
もう夜明けだ、だが、恋は恥じることはない。

(si nasconde sotto il portico)
(柱廊の下に身を隠す)

Scena Seconda　第2場

〈Cavatina　カヴァティーナ〉[18]

Figaro con chitarra appesa al collo, e detto.
首にギターを掛けたフィガロと前述の人物。

FIGARO
フィガロ

La ran la lera,
　La ran la là.
Largo al Factotum[19]
Della città.
Presto a bottega,
Che l'alba è già.

ラ ラン ラ レラ、
　ラ ラン ラ ラ。
道を譲るのだ、町の
なんでも屋さまに。
お店にお急ぎだ、
もう夜が開けたからな。

La ran la lera,
　La ran la là.

ラ ラン ラ レラ、
　ラ ラン ラ ラ。

---

[18] フィガロはこの有名なカヴァティーナで、自分のセビリャにおける立場を説明する。
[19] factotum（男性名詞・単数）は、イタリア語の"Fa tutto"「なんでもする」をラテン語風にした造語で、「雑用係」、ここでは「なんでも屋」の意味。

Ah che bel vivere
　Che bel piacere
　Per un barbiere
　Di qualità!

　ああ、なんと素敵な人生なんだろう
　　なんと素敵な楽しみなんだろう
　　腕の優れた
　　床屋にとっては！

Ah bravo Figaro
　Bravo bravissimo
　Fortunatissimo
　Per verità.

　ああ、えらいぞフィガロ
　　えらいぞ、非常にえらい
　　非常に幸運な奴だよ
　　本当の話。

La ran la lera,
　La ran la là.

　ラ ラン ラ レラ、
　　ラ ラン ラ ラ。

Pronto a far tutto
　La notte e il giorno
　Sempre d'intorno
　In giro sta.

　なにをするにも準備ができていて
　　夜も昼も
　　いつもあたりを
　　回っている。

Miglior Cuccagna[20]
　Per un barbiere
　Vita più nobile
　No non si dà.

　これ以上の桃源郷なんて
　　床屋にとっては
　　これ以上の上品な人生なんて
　　ありえないというものさ。

---

(20) cuccagna は、「何もしないで食べて生活できる想像上の楽園」で、一種の桃源郷のようなもの。

La ran la lera,
　La ran la là.

　ラ ラン ラ レラ、
　　ラ ラン ラ ラ。

Rasori[21] e pettini
　Lancette,[22] e forbici
　Al mio comando
　Tutto qui sta.

　カミソリも櫛も
　　メスも、はさみも
　　あっしの命令を待って
　　みんなここに控えているときていらあ。

Se poi mi capita[23]
　Il buon momento...
　Nel mio mestiere
　Vaglio per cento...

　それから、もし、あっしに到来すれば
　　なにか好機でも…
　　自分の仕事で
　　あっしの値打ちは百倍にもなるのだから…

La ran la lera,
　La ran la là.

　ラ ラン ラ レラ、
　　ラ ラン ラ ラ。

Tutti mi chiedono
　Tutti mi voglino
　Donne, ragazzi,
　Vecchi, fanciulle,

　みんなあっしに頼み
　　みんなあっしを必要としていなさるのさ
　　女たちも、若い衆たちも
　　老人も、娘っこも、

---

(21) rasori (o)は、現代語 rasoio「カミソリ」の古い形。
(22) lancette「メス」とは、瀉血 (しゃけつ) などのためのメスで、昔の床屋は抜歯などの小さな手術を任されていた。
(23) ここからの 4 行は、Spart. では次のように書き直されている。
　　V'è la risorsa,　　　それから、
　　poi, del mestiere　　仕事の源は
　　colla donnetta...　　若い女の相手もあれば…
　　col cavaliere...　　 騎士殿相手もある…

Qua la parrucca...
　Presto la barba...
　Qua la sanguigna[24]
　Figaro... Figaro...
　Son qua, son qua.

　こっちだよ、鬘は…
　　早く、髭を剃って…
　　こっちだよ、止血石は…
　　フィガロ… フィガロ…
　　あっしはここでがす、あっしはここでござんすよ。

Oimè che furia,
　Oimè che folla,
　Uno alla volta
　Per carità.

　いやはや、なんと忙しいことか、
　　いやはや、なんという人波だ、
　　お一人ずつですよ
　　お願いですからね。

Figaro... Fugaro...
　Eccomi qua.

　フィガロ… フィガロ…
　　はい、ここに参りましたです。

Pronto prontissimo
　Son come un fulmine
　Sono il Factotum
　Della Città.

　早いこと素早いことは
　　あっしは稲妻のごとしでござんすよ
　　あっしはなんでも屋でござんすよ
　　町中の。

---

[24] sanguigna とは、昔、止血のために使われた赤い石で、今ではまったく使用しない。また、Spart. では、この行の次に presto il bigletto...「急いで手紙を…」が入り、フィガロが恋文などの代筆や渡し役を果たしていることをうかがわせる。

Ah brovo Figaro
  Bravo bravissimo
⁽²⁵⁾Fortunatissimo
  Per verità.

ああ、えらいぞフィガロ
  えらいぞ、非常にえらい
  お前は非常に幸運者だ
  本当に。

La ran la lera,
  La ran la là.

ラ ラン ラ レラ、
  ラ ラン ラ ラ。

〈Recitativo レチタティーヴォ〉

Ah ah! che bella vita!
Faticar poco, divertirsi assai,
E in tasca sempre aver qualche dobblone...[26]
Gran frutto della mia riputazione.

あっはっは！ なんと素敵な人生なんだ！
苦労は少なく、楽しみは非常に多く、
それに、ポケットの中はいつもドブローネ金貨が何枚かある…
〔これも〕あっしの評判の大きな成果というものさ。

Ecco qua: senza Figaro
Non si accasa[27] in Siviglia una Ragazza;

ほら、ここでは、フィガロなしでは
セビリャでは娘っこは結婚できず、

---

(25) Spart. では、この2行は次のように書き直されている。
　　a te fortuna 　　　　お前には　幸運は
　　non mancherà. 　　欠けることがないだろう。
(26) dobblone（男性名詞・単数）は、Spart. では doblone と正しく書き直されているが、16世紀以降通用したスペインの金貨のこと。
(27) si accasa、つまり accasarsi は「結婚する」。

A me la Vedovella
Ricorre per marito; io colla scusa
Del pettine di giorno,
Della chitarra col favor della notte
A tutti onestamente,
Non fo per dir,[28] m'adatto a far piacere:

若い後家さんは夫を求めてあっしのところにやってくる。
あっしは、昼間は
櫛〔の職業〕を口実に、
夜はギターのおかげで
皆さんを、正直に、
自慢するわけじないけど、喜ばせるように努めているんだ。

Oh che vita, che vita! oh che mestiere!
Orsù, presto a bottega...

なんたる人生、なんという人生だ！ おお、なんという職業だ！
さあ、急げ店へ…

CONTE 伯爵
(È desso, o pur m'inganno?)

(奴だ、それとも思い違いかな？)

FIGARO フィガロ
(Chi sarà mai[29] constui?...)

(あいつはいったい誰だろう？)

CONTE 伯爵
　　　　　　　　　　　　　(Oh è lui senz'altro!)
Figaro!

　　　　　　　　　　(おお、間違いなくあいつだ！)
フィガロ！

FIGARO フィガロ
　　　　Mio padrone[30]
Oh chi veggo!... Eccellenza...

　　おお、ご主人様…
　　おお誰だと思ったら！… 閣下じゃあございませんか…

---

(28) non fo (=faccio) per dire は慣用句で「自慢するわけではないが」の意味。
(29) mai は疑問文や感嘆文の中で使われるとき「いったいぜんたい」の意味。
(30) Mio padrone という言葉によって、フィガロが、昔、伯爵の可愛がっていた従僕であったことが分かる。

CONTE 伯爵	Zitto, zitto, prudenza: Qui non son conosciuto, Né vo' farmi conoscere. Per questo Ho le mie gran ragioni.

黙れ、黙っていろ、慎重に。
わしはここでは知られていないし、
知られたくもないのじゃ。それには
十分なわけがあるのじゃから。

FIGARO フィガロ	Intendo, intendo: La lascio in libertà.

　　　　　　　　　　分かりましたです、了解でがす。
ご自由になさってくだしゃんせとくらあ。

CONTE 伯爵	No...

いや…

FIGARO フィガロ	Che serve?...

〔それとも〕なんぞお役に立つとでも？…

CONTE 伯爵	No, dico; resta qua; Forse ai disegni miei Non giungi inopportuno... Ma cospetto,(31) Dimmi un po', buona lana,(32) Come ti trovo qua?... poter del mondo,(33) Ti veggo grasso, e tondo...

　　　　　　　　　いや、つまりだ、ここに残れ。
恐らくわしの計画に
お前が加わっても邪魔ではあるまい… だが、いったいぜんたい
このいたずら者めが、ちょっと説明しろ。
なぜここにいるのだ？… おやまあ、
お前は太って丸々してしまったではないか…

FIGARO フィガロ	La miseria, Signore...

極貧でございますよ、殿…

CONTE 伯爵	Ah birbo!

ああ、嘘つきめが！

---

(31) cospetto は、このオペラの台詞の中で頻繁に出る感嘆詞で、「驚き」「失望」「苛立ち」などを表わす。
(32) buona lana は、現在では使われないが、ややふざけて親しげにいう「悪戯小僧め」のような意味。
(33) poter del mondo は、ゴルドーニ風の感嘆句で現在は使われない。ここでは驚きの意味を表わす慣用句で「いったいぜんたい」。

FIGARO フィガロ	Grazie. 恐れ入ります。
CONTE 伯爵	Hai messo ancor giudizio?... お前はまともになりおったか？…
FIGARO フィガロ	Oh e come!... ed ella Come in Siviglia?... おお、もちろん！…ところで、 なんとしてこのセビリャに？…　　└殿は
CONTE 伯爵	Or te lo spiego. Al Prado(34) Vidi un fior di bellezza, una fanciulla Figlia d'un certo medico barbogio(35) Che qua da pochi dì s'è stabilito; Io di questa invaghito(36) Lasciai patria, e parenti, e qua men venni. E qui la notte e il giorno Passo girando a que' balconi intorno. 今、お前に説明する。プラドで 美の華ともいうべき娘を見つけたのだ ある老いぼれ医者の娘で 彼は数日前からここに居を定めたのだ。 わしはその娘に恋いこがれ 故郷も親族も捨てて、ここに来たわけじゃ。 そして、ここでは夜も昼も あのバルコニーの周りを回っているのじゃ。
FIGARO フィガロ	A que' balconi?... un medico?... oh cospetto, Siete ben fortunato; Su i maccheroni il cascio(37) v'è cascato. あのバルコニーですと？…医者ですと？…おお、これは驚 貴方様はじつに幸運者でございます。　　　　　　└き、 まさに「棚からぼたもち」というわけでござんすよ。
CONTE 伯爵	Come?... なんじゃと？…

---

(34) Pradoは、マドリードのプラド美術館またはその周辺。
(35) barbogioは、普通「老人」の形容詞として使われ「もうろくした」。
(36) invaghito di...「…に惚れる、魅せられる」。
(37) cascio は cacio「チーズ」のトスカーナ方言で、ここの表現は諺の「Il cacio sui maccheroni（棚からぼたもち）」から出たもの。

FIGARO フィガロ		Certo. Là dentro Io son barbiere, perucchier,(38) chirurgo, Botanico, spezial,(39) veterinario, Il faccendier di casa.

　　　　　本当でございます。あの家の中では
　　　　あっしは床屋であり、鬘師であり、外科医であり
　　　　植物係であり、薬剤師であり、獣医で〔あるという〕
　　　　家のなんでも屋でござんすよ。

CONTE 伯爵	Oh che sorte!...

　　　　おお、なんたる幸運だ！…

FIGARO フィガロ		Non basta. La Ragazza Figlia non è del Medico. È soltanto La sua pupilla...(40)

　　　　　　　　それだけではありませぬ。娘御は
　　　　医師の娘ではありませぬ。娘は単なる
　　　　彼の被後見人でございます…

CONTE 伯爵	Oh che consolazione!

　　　　おお、なんたる慰めの言葉だ！

FIGARO フィガロ	Perciò... Zitto!...

　　　　でございますから… 黙って！…

CONTE 伯爵	Cos'è?

　　　　どうした？

FIGARO フィガロ	S'apre il balcone.

　　　　バルコニーが開きます。

---

(38) perucchier(e)とは、parrucchiere「鬘師＝理容師」のこと。
(39) spezialeは、古語で「薬草師＝薬剤師」。
(40) pupilla（男性名詞・単数はpupillo）は、「（第三者や親族の一員（つまり、後見人）から日常生活などで保護・監督を受けたり、成人に達するまで親が残した財産の管理をしてもらったりしている未成年者の遺児などを意味する）被後見人」のこと。

Scena Terza[41]　第3場

Rosina, indi Bartolo sulla ringhiera e detti.
ロジーナ、それからバルトロがバルコニーに現れる。前述の人たち。

ROSINA　*(guardando per la piazza)*
ロジーナ　Non è venuto ancor. Forse...
　　　　　（広場を見渡し）
　　　　　まだお出でになっていない。恐らく…

CONTE　*(uscendo dal portico)*
伯爵　　　　　　　　　　　　　　　　Oh mia vita,
　　　Mio nume,[42] mio tesoro.
　　　Vi veggo alfine! alfine...
　　　（柱廊から出て）
　　　　　　　　　　　　　　　おお、わが命、
　　　わが女神、わが宝よ。
　　　貴女の姿に会えた、やっと！ やっとのことで…

ROSINA　　　　　　　　　　　　　Oh che vergogna!...
ロジーナ　Vorrei dargli il biglietto...
　　　　　(cava una carta)
　　　　　　　　　　　　まあ、なんと恥ずかしいこと！…
　　　　　私、あの方にお手紙を差し上げたいのに…
　　　　　（紙を取り出す）

BARTOLO　*(di dantro)*
バルトロ　　　　　　　　　　　　　Ebben, ragazza,
　　　　　（家の中から）
　　　　　　　　　　　　　　　さて、嬢や、

(il Conte si ritira in fretta)
（伯爵は大急ぎで引っ込む）

Il tempo è buono?...
(esce)
　　　　　　cos'è quella carta?...

天気は良いかな？…
（外に出てくる）
　　　　　　あの紙はなんじゃね？…

---

(41) この第3場は、第4場のバルトロが登場して歌う Fra momenti io torno... の手前まで省略されることもある。
(42) nume（男性名詞・単数）は、詩語で「神」、ここではもちろん「女神」。

ROSINA ロジーナ		Niente niente, Signor: son le parole Dell'aria *dell'inutil precauzione*.

いいえ、なんでもありません、貴方様。歌詞ですわ
「無駄な用心」のアリアの。

CONTE 伯爵		*(a Figaro)* Ma brava! *dell'inutil precauzione!*

（フィガロに）
なんとうまいことを！「無駄な用心」のとは！

FIGARO フィガロ		*(al Conte)* Che furba!

（伯爵に）
なんとも抜け目がない女性でございますな！

BARTOLO バルトロ		Cosa è questa Inutil precauzione?...

なんじゃな、その
「無駄な用心」とは？…

ROSINA ロジーナ		Oh bella! è il titolo Del nuovo Dramma in Musica.

　　　　　　　　　　　　　　　これは驚きました！　題ではありません
新しい音楽劇の。　　　　　　　　　　　　　　　　　　　　└か

BARTOLO バルトロ		Un Dramma?... bella cosa! Sarà al solito un Dramma semiserio;(43) Un lungo malinconico noioso Poetico strambotto;(44) Barbaro gusto! secolo corrotto!

劇か？…　ばかばかしいものだ！
それも例の半分おどけた芝居だろうよ。
長くて、気がめいるような、退屈な
つまらぬ詩劇だろう。
野蛮な趣味だ！　堕落した世の中だわい！

ROSINA ロジーナ		Ah me meschina! l'aria m'è caduta!...

ああ、どうしよう！　アリアが手から滑って落ちてしまった
　　　　　　　　　　　　　　　　　　　　　　　　└わ！…

---

(43) un Dramma semiserio とは、ここでは、この《セビリャの理髪師》が初演されるわずか2カ月前の1815年12月26日に、ローマのヴァッレ劇場で上演されたステルビーニのリブレットに基づいてロッシーニが作曲した、つまり同じコンビによるセミセリアのオペラ《トルヴァルドとドルリスカ》のことを冗談めかして言っている。
(44) strambottoは、短い風刺詩または恋愛詩だが、ここでは「馬鹿げた話」のような意味で使われている。

	(si lascia cadere la carta in strada) (紙を道に落とす) Raccoglietela presto... 早く拾ってくださいな…
BARTOLO バルトロ	Vado, vado. *(rientra)* わしが行く、わしが行く。 (家の中に入る)
ROSINA ロジーナ	Ps, ps. もし、もし。
CONTE 伯爵	*(fouri)* Ho inteso. *(raccoglie la carta)* (姿を現し) 了解いたしました。 (紙を拾う)
ROSINA ロジーナ	Presto. 早くなさって。
CONTE 伯爵	*(sottovoce)* Non temete. *(si ritira)* (低い声で) ご心配なく。 (引っこむ)
BARTOLO バルトロ	*(fuori)* Son qua: dov'è?... *(cercando)* (外に出てきて) わしはここだが、どこじゃな？… (探す)
ROSINA ロジーナ	Ah il vento La porta via... guardate... *(additando in lontananza)* ああ、風が あっちに運んでいく… 見てくださいな… (遠くの方を指差しながら)

BARTOLO バルトロ	Io non la veggo... Eh Signorina!... non vorrei!... (cospetto! Costei m'avesse preso!...(45)) in casa, in casa, Animo su, a chi dico?... in casa, presto.

わしには見えぬが…
おい、嬢や！… わしはごめんじゃ！…（いまいましい！
もし彼女がわしを担いだとすると！…）家に入っていなさい、
さあ、誰に言っていると思っているのだ？…　└家に、
　　　　　　　　　　　　　　　　　　　　└家の中に、早く。

ROSINA ロジーナ	Vado, vado: che furia!...

参ります、参りますとも。なんてせっかちなんだろう！…

BARTOLO バルトロ	Quel balcone Voglio farlo murare.(46) Dentro dico.

　　　　　　　　　　あのバルコニーは
壁で塗り込めさせてやろう。
中に入りなさいと言っておるのだ。

ROSINA ロジーナ	Oh che vita da crepare(47)! *(rientra)*

　　　　　　ああ、なんと惨めな人生なんだろう！
（中に入る）

(Bartolo anch'esso rientra in Casa)

（バルトロも家に入る）

Scena Qaurta　第4場

Conte, e Figaro, indi Bartolo.
伯爵、フィガロ、それからバルトロ。

CONTE 伯爵	Povera disgraziata! Il suo stato infelice Sempre più m'interessa!...

かわいそうな気の毒な娘だ！
彼女の不幸な状態は
わしにはますます気になるぞ！…

---

(45) Costei m'avesse preso!... とは、prendere in giro「（人を）担ぐ、騙す、からかう」の意味。
(46) Spart. では、voglio far murare. に書き直されているが、意味に変わりはない。
(47) crepare は「死ぬ」の意味で、ここでは「死にたくなるほどうんざりする人生」の意味。

FIGARO フィガロ		Presto, presto, Vediamo cosa scrive.

早く、早く、
何が書いてあるのか見ましょうぜ。

CONTE 伯爵	Appunto, leggi.

そのとおりだ、お前読め。

FIGARO フィガロ	*(legge)* "Le vostre assidue premure hanno eccitata la mia curiosità.

(読む)　　　　　　　　　　　　　　　　　　　　　　　　ります。
「貴方様のご熱心なる思いやりは私の好奇心をかき立ててお

Il mio Tutore[48] è per uscire di casa; appena si sarà allontanato, procurate con qualche mezzo ingegnoso d'indicarmi il vostro nome, il vostro stato, e le vostre intenzioni.

　私の後見人はただ今外出をするところでございます。彼が遠ざかりましたらすぐに、何か良い方法をお考えになって、私にあなた様のお名前とご身分とお考えをお教えください。

Io non posso giammai comparire al balcone senza l'indivisibile compagnia del mio tiranno.

　私はもう私の暴君の四六時中のお供なしには、バルコニーに出られなくなりました。

Siate però certo, che tutto è disposta a fare per rompere le sue catene
　　　　　　　　　　　　　　　　　　La sventurata Rosina."

　しかし、私はその鎖を断ち切るため、あらゆることをいたす所存でありますことを信じてくださいませ。

　　　　　　　　　　　　　　　　　　不幸なロジーナ」

CONTE 伯爵	Sì sì, le romperà. Su, dimmi un poco: Che razza d'uomo è questo suo Tutore?

そう、そうだ、彼女は断ち切るだろう。さあ、ちょっと話せ。
この彼女の後見人とはいったいどんな質の男なのだ？

---

(48) tutoreは「後見人」のこと。註(40) pupillaの項を参照。

| FIGARO フィガロ | Un vecchio indemoniato
Avaro, sospettoso, brontolone,...
Avrà cent'anni indosso
E vuol fare il galante: indovinate?
Per mangiare a Rosina
Tutta l'eredità s'è fitto in capo
Di volerla sposare... aiuto! |

悪魔に憑かれたような老人で、
欲が深く、疑い深く、不平ばかりたらし…
恐らく百歳にもなるくせに
伊達男ぶりがしたいのでございます。お察しがつきますでしょう？
ロジーナの遺産をそっくり
貪り尽くすために、頭の中に打ち立てているのでございます
彼女と結婚しようと〔いう計画を〕… 大変だ！よ

| CONTE 伯爵 | che? |

なんじゃ？

| FIGARO フィガロ | S'apre la porta. |

扉が開きました。

(sentendo aprir la porta della Casa di Bartolo si ritirano in fretta)

（バルトロの家の扉が開く音を聞いて、急いで身を隠す）

| BARTOLO バルトロ | *(parlando verso le quinte)*
Fra momenti io torno;
Non aprite a nessun. Se Don Basilio
Venisse a ricercarmi, che m'aspetti.[49] |

（仕切り幕の方に向かって話しながら）
すぐに戻るからな。
誰にも扉を開けてはならぬ。もし、ドン・バジリオが
わしに会いにきたら待たせておきなさい。

(chiude la porta di casa, tirandola dietro di sé)

（家の扉を後ろ手に引いて閉める）

Le mie nozze con lei è meglio affrettare.
Sì, dentr'oggi finir vo' quest'affare.
(parte)

彼女とのわしの結婚式は急いだ方がよい。
そうだ、今日中にこの仕事を終わらせよう。
（出かける）

---

(49) che m'aspetti は間接的命令で、「彼が私を待つように（せよ）」の意味。

CONTE 伯爵	*(fuori con Figaro)* Dentr'oggi le sue nozze con Rosina? Ah vecchio rimbambito! Ma dimmi or tu: chi è questo Don Basilio?

（フィガロと姿を現す）
今日中にロジーナとの結婚式だと？
ああ、耄碌(もうろく)爺(じじい)め！
だが、ちょっと説明しろ。そのドン・バジリオとは誰なのじゃ？

FIGARO フィガロ	È un solenne imbroglion di matrimoni, Un collo torto,(50) un vero disperato, Sempre senza un quattrino... Già(51) è Maestro di Musica: Insegna alla Ragazza.

大変なインチキ結婚周旋屋でございます。
偽善者で、本物の落ちぶれもので、
いつも一文なしで…
さよう、音楽の先生でございますよ。
あの娘御に教えております。

CONTE 伯爵	Bene, bene, Tutto giova sapere. (52)Ora pensiamo Della bella Rosina A soddisfar le brame.

よし、よし、
あらゆることを知るのは役に立つ。今や考えるとしよう
美しいロジーナの
激しい思いをかなえてやることを。

---

(50) un collo torto は、直訳すると「曲げた首」だが、ここでは、僧が祈禱書を読むときに前屈みになることから、「慎み深さを装った偽善者」の意味。
(51) giàは、ここでは「既に」の意味ではなく、「(出し抜けに思い出して) そうだ」のような意味。
(52) Spart. では、この伯爵の言葉の2行目の後半から3行は、次のようにフィガロの言葉に書き直されている。

Ora pensate	さあ、今度はお考えになって、
della bella Rosina	美しいロジーナの
a soddisfar le brame.	激しい望みを叶えてやることを。

Il nome mio
Non le vo' dir, né il grado. Assicurarmi
Vo' pria, ch'ella ami me, me solo al mondo,
Non le ricchezze e i titoli
Del Conte d'Almaviva. Ah tu potresti...

　　　　　　わしの名前も
身分も彼女に言いたくないのだ。確かめたいのだ
その前に、彼女が私を、この世で私だけを愛し、
財産も称号も〔愛していないということを〕⌈きるだろう…
アルマヴィーヴァ伯爵の〔財産も称号も〕。ああ、お前ならで

FIGARO
フィガロ
Io?... no, Signor: voi stesso
Dovete...

あっしがでございますか？… 滅相もない、殿。あなた様ご自
なさらなければ…　　　　　　　　　　　　⌈身が

CONTE
伯爵
　　　　　Io stesso? e come?

　　　　わしが自分でだと？ どうやってだ？

FIGARO
フィガロ
Zi... zitti: eccoci a tiro.⁽⁵³⁾
Osservate... per bacco: non mi sbaglio:
Dietro la gelosia sta la ragazza.

しっ… 黙って。私たちはすぐそばにいるのですぞ。
ご覧くださいまし… おやまあ。あっしの目に狂いはございま
鎧戸の後ろに彼女がおりますぜ。　　　　　　　⌈せん。

Presto presto all'assalto: niun⁽⁵⁴⁾ ci vede.
In una canzonetta,
(presentandogli la chitarra)
Così, alla buona,⁽⁵⁵⁾ il tutto
Spiegatele, Signor.

さあ、早く攻撃でがす。誰も我々を見ておりませんですよ。
歌に託しなさって、
（ギターを差し出しながら）
こうして、手短に、すべてを
彼女に説明なさるのでがすよ、殿。

CONTE
伯爵
　　　　　　Una canzone?

　　　　　　歌だと？

---

(53) a tiro は、「（石を）投げれば（届くような距離）」、つまり「すぐそばに」の意味。
(54) niun はnessuno の古語で、「誰も…しない」。
(55) alla buona は、「簡単に」「手短に」「ざっと」。

FIGARO フィガロ		Certo; ecco la chitarra, presto. andiamo. もちろんでがす。ほらギターです、早く、始めましょう。
CONTE 伯爵		Ma io... だが、わしは…
FIGARO フィガロ		Oh che pazienza! おお、なんとじれったい！
CONTE 伯爵		Ebben, proviamo. では、やってみるとするか。

(prende la chitarra, e canta accompagnandosi)

（ギターを手に取って、伴奏しながら歌う）

〈Canzone カンツォーネ〉[56]

Se il mio nome saper voi bramate,
Dal mio labbro il mio nome ascoltate.

　貴女が私の名前をどうしても知りたいならば、
　私の唇から私の名前を聞いてください。

[57]Io sono Lindoro
　Che fido[58] v'adoro,
　Che sposa vi bramo,
　Che a nome vi chiamo
Di voi sempre cantando[59] così
Dall'aurora al tramonto del dì.

　　私はリンドーロで
　　貴女を心から慕い
　　貴女を妻としたいと激しく思い、
　　貴女の名前を呼び
　こうして、貴女のことを歌っているのです
　一日中、夜明けから日暮れまで。

(di dentro si sente la voce di Rosina ripetere il ritornello della Canzone)[60]

（中からロジーナが歌の繰り返し部分を繰り返す声が聞こえる）

---

(56) ここから伯爵は、幕開き直後に歌う有名なカヴァティーナの内容より、もっとずっと誠実に自分の恋心を表明するが、ロジーナが爵位と財力に惹かれないように、身分は隠している。
(57) Spart. では、io son Lindoro. と5シラブルの句に書き直されている。
(58) fido は、「(貴女に) 忠実な(私)」。
(59) Spart. では、cantandoではなく parlando「話しながら」に書き直されている。
(60) spart. では、この次にロジーナの歌1行が加えられている。
　　Segui, o caro; deh, segui così! 続けて、愛しい貴方、お願い、このまま続けてくださいな！

FIGARO フィガロ	Sentite? ah, che vi pare?	

お聞きになりましたですか？ どう思われます？

CONTE 伯爵	Oh me felice!

　　　　　　　　　　　　おお、わしは幸福だ！

FIGARO フィガロ	Evviva,[61] a voi, seguite.

万歳、貴方〔の番〕でがすよ、お続けくださいまし。

CONTE 伯爵	*(canta)* L'amoroso sincero Lindoro Non può darvi, mia cara, un tesoro.

　（歌う）
　恋する誠実なリンドーロは
　貴女に捧げることはできません、恋しい貴女、宝物などは。

[62]Io ricco non sono,
　Ma un core vi dono,
　Un'anima amante
　Che fida e costante
Per voi sempre[63] sospira così
Dall'aurora al tramonto del dì.

　　私は金持ちではありませんが、
　　私は心を捧げます、
　　恋する魂を
　　忠実に変わることなく
　　貴女のためにいつもこうしてため息をつく〔魂を〕
　　一日中夜明けから日暮れまで。

ROSINA ロジーナ	*(di dentro)* L'amorosa sincera Rosina Il suo core a Lindo...

　（家の中から）
　恋する誠実なロジーナは
　自分の心をリンド…

(si sentono di dentro chiudere le finestre)

　（中から窓を閉める音が聞こえる）

---

(61) Spart.では、EvvivaでなくDa bravo「(うながす言葉) さあ」。
(62) Spart. では、io が省かれ、ricco non sono と5シラブルの句に書き直されているが、意味は同じ。
(63) Spart. では、sempre の代わりに sola 「ただ貴女一人(のために)」に書き直されている。

第1幕

⟨Recitativo レチタティーヴォ⟩

CONTE
伯爵
Oh cielo!...

おお、天よ！…

FIGARO
フィガロ
Nelle stanze
Convien dir che qualcuno entrato sia.
Ella si è ritirata.

部屋の中に
誰かが入ってきたと言うべきでしょうな。
彼女は引き込みました〔から〕。

CONTE
伯爵
[64]Ah cospettone,[65]
Io già deliro, avvampo[66]!... oh, ad ogni costo
Vederla io voglio, vo' parlarle: ah tu,
Tu mi devi aiutar...

ああ、いまいましい、
わしはもう逆上している、燃えている！… おお、なんとしても
彼女に会いたい、彼女と話したい、ああ、お前、
お前は私を助けてくれねばならぬ…

FIGARO
フィガロ
Ih, ih, che furia;
Sì; sì, v'aiuterò.

いやはや、なんとせっかちな。
はい、はい、貴方様をお助けいたしますです。

CONTE
伯爵
Da bravo:[67] entr'oggi
Vo' che tu m'introduca in quella casa.
Dimmi, come farai?... via!... del tuo spirto[68]
Vediam qualche prodezza.

さあ。今日中に
お前は私をあの家の中に連れ込んでくれ。
言ってくれ、お前がどうするのかを？… さあ！… お前の機智の
見事さのいくつかを見るとしよう。

---

(64) Spart. では、次のような伯爵の状況説明のト書きが書き加えられている。
　　(con enfasi)　（興奮して）
(65) cospettone は、cospetto（註31参照）の増大辞のついた形。
(66) avvampo は「(興奮のあまり) 体が燃え上がる(ようだ)」の意。
(67) da bravo は、人に何かさせるような時に、鼓舞したりおだてたりするために用いられ言葉で、「さあ、(元気を出して)」とか「さあ、(お前はえらいんだから)」のような意味を持つ。このオペラでは頻繁に使われている。
(68) spirtoはspirito の詩語で、ここでは「お前の機転の(なにか目覚ましい働きを)」の意味。

FIGARO フィガロ	Del mio spirto!... Bene... vedrò... ma in oggi...

あっしの機智のですか！…
よろしゅうございます… 考えてはみますが… 今日中とは…

CONTE 伯爵	Eh via, t'intendo, Va là, non dubitar; di tue fatiche Largo compenso avrai.

　　　　　　　　　　　えい、よいわ、お前の言いたい
よい、疑うな。お前の骨折りに　└ことは分かっている、
お前はたっぷり報酬をもらうことになるのだから。

FIGARO フィガロ	Davver?

本当でございすか？

CONTE 伯爵	Parola.

二言はない。

FIGARO フィガロ	Dunque oro a discrezione?[69]

それでは金貨を好きなだけ？

CONTE 伯爵	Oro a bizzeffe.[70] Animo via.

金貨をどっさりだ。
さあ、始めるのじゃ。

FIGARO フィガロ	[71]Son pronto; ah, non sapete I simpatici effetti prodigiosi Che ad appagare il mio Signor Lindoro Produce in me la dolce idea dell'oro.

　　　　　　　あっしは準備が整っておりまする。ああ、ご存知
感じの良い不思議な効果を　　　　　└ありますまい
あっしのご主人様のリンドーロさまを満足させるために
金貨についての甘い考えが私の中に生み出してくる〔効果を〕。

---

(69) a discrezione は、「自分が必要と判断するだけ（の量の）」、つまり「欲しいだけ」。
(70) a bizzeffe の成句だけに使用し「たんまり、どっさり」の意。
(71) フィガロはたっぷり謝礼がもらえると知り、一挙に伯爵のために全力を尽くす決心をする。

〈Duetto 二重唱〉

All'idea di quel metallo[72]
Portentoso onnipossente
Un vulcano la mia mente
Già comincia a diventar.

　万能にして不思議な力を持つ
　　あの金貨を考えると
　　あっしの頭脳は
　　既に火山になり始めましたぜ。

CONTE
伯爵
Su vediam di quel metallo
Qualche effetto sorprendente,
Del vulcan della tua mente
Qualche mostro[73] singolar.

　さあ、見ようではないか、あの金貨の
　　驚くべき効果を、
　　お前の頭脳の火山の〔生む〕
　　なにか特別な怪物を。

FIGARO
フィガロ
Voi dovreste travestirvi
Per esempio... da soldato.

　貴方様は変装なさらなければ
　　例えば… 兵士に。

CONTE
伯爵
Da soldato?

　兵士にだと？

FIGARO
フィガロ
Sì Signore.

　さようでございます、殿。

CONTE
伯爵
Da soldato?... e che si fa?

　兵士にだと？… それでなにをするのだ？

FIGARO
フィガロ
Oggi arriva un Reggimento.

　本日ある連隊が到着いたしまする。

CONTE
伯爵
[74]Sì, m'è amico il Colonnello.

　そうだ、大佐はわしの友人じゃ。

---

(72) metallo「金属、メタル」とは、ここではもちろん「金(貨)」。
(73) mostro は、直訳は「怪物」だが、ここでは「特別なこと」「普通ではできないこと」の意味。
(74) この Sì, m'è amico. は、Spart. では、Sì, è mio amico. に書き直されているが意味は同じ。

FIGARO フィガロ		Va benon. 上出来でございます。
CONTE 伯爵		⁽⁷⁵⁾Ma e poi ? だが、それから？
FIGARO フィガロ		Cospetto ! Dell'alloggio col biglietto⁽⁷⁶⁾ Quella porta s'aprirà. ⁽⁷⁷⁾Che ne dite, mio Signore ? L'invenzione è naturale ?

これはびっくり！
宿泊命令書で
あの扉は開かれますぜ。
どう思われますかね、わが殿は？
この思いつきは自然でございましょうが？

CONTE 伯爵		⁽⁷⁸⁾Oh che testa originale ! Bravo, bravo in verità.

おお、なんと稀なる頭だろう！
えらい、本当にえらい。

FIGARO フィガロ		Oh che testa universale !⁽⁷⁹⁾ Bella, bella in verità. Piano, piano... un'altra idea !... Veda l'oro cosa fa. Ubbriaco... sì ubbriaco Mio Signor, si fingerà.

おお、なんと万能な頭だろう！
素晴らしい、本当に素晴らしい〔頭だ〕。
お静かに、お静かに… また別なアイデアが！…
ご覧ください、金貨が何をするかを。
酔っぱらい… そうです、酔っぱらいの
わが殿がふりをなさるのでがす。

---

(75) Spart. では、Ma e poi ? が一つになってEppoi ? 「それから？」と書き直されているが、意味は変わらない。
(76) biglietto dell'alloggio とは、ここでは「バルトロの家を宿泊先に指定した軍の命令書」。
(77) Spart. では、この句は次の2句に書き直されている。
　　Non vi par ? non l'ho trovata ?　　どうです？ 私は見つけませんでしたか？
　　Che invenzione prelibata !　　　　なんと素晴らしい思いつきではありませんか！
(78) Spart. では、伯爵のこの句は除去されている。次の註参照。
(79) Spart. では、フィガロのこの1行の句は除去されていて、結局、伯爵もフィガロもともに、che invenzione prelibata ! と歌うように書き直されている。

CONTE 伯爵	Ubbriaco?...	
	酔っぱらいだと？…	
FIGARO フィガロ	Sì Signore.	
	さようでございますよ、殿。	
CONTE 伯爵	Ubbriaco?... Ma perché?...	
	酔っぱらいとな？… だが、なぜじゃ？…	
FIGARO フィガロ	Perché d'un che poco è in sé[80]	
	なぜかと申しますと、前後不覚になったものを	

(imitando moderatamente i motti d'un ubbriaco)

（酔っぱらいの仕草をある程度真似て）

        Che dal vino casca già,
        Il Tutor credete a me,
        Il Tutor si fiderà.

ワインで〔酔っぱらって〕もう倒れそうになっている
後見人は、私めをご信用くださいましな、└奴を、
後見人は信用するでしょうから。

a 2 2人で	Questa è bella per mia fé,[81] Bravo, bravo in verità.
	これは本当に素晴らしい、 えらい、本当にえらいものだ。
CONTE 伯爵	Dunque.
	では。
FIGARO フィガロ	All'opra.
	仕事に。
CONTE 伯爵	Andiam.
	取りかかるといたしましょう。
FIGARO フィガロ	Da bravo.
	さあ、うまく。

---

(80) Spart. では、perché d'un ch' è poco in sé. に書き直されているが、「正気をほとんど失っている男」の意味は同じで、この構文の主な構造は以下のとおり。
    Il tutore si fiderà di uno che è poco in sé
    e che dal vino casca già.
(81) Spart. の二人の繰り返しには、この1行の句はなく、伯爵は Bravo, bravo, in verità を、フィガロは Bella, bella in verità を繰り返す。

CONTE 伯爵	Vado... Oh il meglio mi scordavo! Dimmi un po', la tua bottega, Per trovarti, dove sta?

わしは行くとしよう… おお、一番大切なことを忘れ
ちょっと教えてくれ、お前の店は、└ておった！
お前に会いに行くために、どこにあるのじゃ？

FIGARO フィガロ	La bottega? non si sbaglia, Guardi bene: ecco là.

店でございすか？ お間違えなさることはありません
└でさあ。
よくご覧くださいまし。ほら、あそこでございます
└よ。

(additando fra le quinte)

（幕の間を指さしながら）

Numero quindici a mano manca,⁽⁸²⁾
Quattro gradini, facciata bianca,
Cinque parrucche nella vetrina,
Sopra un cartello "*Pomata fina*",
Mostra in azzurro alla moderna,
V'è per insegna una lanterna...
Là senza fallo mi troverà.

左側の15番地で、
階段が四段あって、正面が白くて、
ショーウインドウの中に鬘が五つあって
その上に「極上ポマード」の張り紙があって、
商品ケースは当世風に空色で、
看板として角灯がぶらさがり…
そこに間違いなくあっしがおりますです。

CONTE 伯爵	Ho ben capito...

よくわかった…

FIGARO フィガロ	Or vada presto.

さあ、お急ぎくださいまし。

CONTE 伯爵	Tu guarda bene...

お前は、よく用心するのだぞ…

FIGARO フィガロ	Io penso al resto.

あっしがあとは考えますです。

(82) a mano manca＝a mano sinistra は、「左手に」「左側に」。

CONTE 伯爵	Di te mi fido...	
	お前をわしは信じておる…	
FIGARO フィガロ	Colà l'attendo.	
	あっちで、貴方様をお待ちいたしております。	
CONTE 伯爵	Mio caro Figaro...	
	親愛なるわしのフィガロ…	
FIGARO フィガロ	Intendo, intendo...	
	心得ておりますです、心得ておりますですよ…	
CONTE 伯爵	Porterò meco...	
	わしは持参しよう…	
FIGARO フィガロ	La borsa piena.	
	いっぱい詰まったお財布を。	
CONTE 伯爵	Sì, quel che vuoi, ma il resto poi.	
	よし、お前の望むものを、だが、それからあとは。	
FIGARO フィガロ	Oh non si dubiti, che bene andrà.	
	お疑いなきように、首尾よく参りますので。	
CONTE 伯爵	Ah che d'amore 　La fiamma io sento, 　Nunzia di guibbilo 　E di contento.	
	ああ、なんという恋の 　　炎を感じることか、 　　歓喜と、満足感の 　　前触れを。	

第1幕

    Ecco propizia,
     Che in sen mi scende,
     D'ardore insolito
     Quest'alma accende
     E di me stesso
     Maggior mi fa.[83]

   おお、吉兆が、
    わが胸に下り、
    並ならぬ情熱で
    この魂を燃え上がらせ
    そして、わし自身を
    より一段と大きくしてくれる。

FIGARO
フィガロ
    Delle monete
     Il suon già sento!
     L'oro già viene.
     Viene l'argento;

   貨幣の
    音が聞こえるぞ！
    金貨は既に来たぞ。
    銀貨も来たぞ。

    [84]Eccolo, eccolo,
     Che in tasca scende,
     D'ardore insolito
     Quest'alma accende
     E di me stesso
     Maggior mi fa.

   ほら、ほら、やって来たぞ、
    ポケットの中に落ちてくる、
    並ならぬ情熱で
    この魂を燃え上がらせ、
    そして、あっし自身を
    より一段と大きくしてくれる。

---

(83) この最後の伯爵の4行の言葉と次のフィガロの最後の4行の言葉は、それぞれ主語は「胸に降りてくる幸いなる炎」と「ポケットに入ってくる金貨」であって、それぞれの魂を、普通とは違った情熱で（d'ardore insolito）、この魂を燃え上がらせ（quest'alma accende）、そして、私自身を（e di me stesso）より大きくしてくれる（maggior mi fa.）。つまり、「違った人間のようにしてくれる」の意味になる。
(84) Spart. では、eccolo qua と qua が加えられている。「ほら、ほら、（金貨だ）もうここに」。

(Figaro entra in casa di Bartolo. Il Conte parte) [85]

（フィガロはバルトロの家に入り、伯爵は立ち去る）

Scena Quinta 第5場

***Camera nella casa di Don Bartolo, con quattro porte.
Di prospetto la finestra con gelosia,
come nella Scena prima. A destra uno Scrittoio.***

ドン・バルトロの部屋で、扉が四カ所にある。
正面に第1場と同じように鎧窓のついた窓。右側に机。

〈Cavatina カヴァティーナ〉

Rosina con lettera in mano.

ロジーナは手紙を持っている。

ROSINA
ロジーナ

Una voce poco fa
Qua nel cor mi risuonò,
Il mio cor ferito è già,
E Lindor fu che il piagò.[86]

一つの声が、少し前に
ここ、私の心に響きました、
私の心は既に傷つけられました、
それを傷つけたのはリンドーロなの。

Sì, Lindoro mio sarà,
Lo giurai, la vincerò.[87]

そう、リンドーロは私のものになるのよ、
私はそう誓ったの、私は勝ち取ります。

---

(85) Spart. では、このト書きのあとに、リブレットの初版には印刷されてはいないが、フィオレッロが主人伯爵にたいして不満を漏らす次のようなレチタティーヴォが入っているが、オペラでは演出の都合で省略されることがある。

Fiorello フィオレッロ：(riavvicinandosi)	（近づきながら）
Evviva il mio Padrone!	万歳だよ、私のご主人様は！
Due ore, ritto in pie', la'come un palo	二時間も、立ちん坊で、向こうで柱のように
Mi fa aspettare e poi...	私を待たせたあげく…
Mi pinata e se ne va. Corpo di bacco!	私を捨てて行ってしまう。なんてこった！
Brutta cosa servire	ひどいものだよ、仕えるのは
Un padrone come questo.	こんな主人に〔仕えるのは〕。
Nobile, giovanotto, e innamorato;	貴族で、若くて、恋に落ちた〔ご主人なんて〕、
Questa vita, cospetto, è un gran tormento!	この人生は、おお嫌だ、苦悩そのものだ！
Ah durarla così non me la sento!	ああ、こんな人生を続けるのはもうたくさんだ！
(parte)	（出て行く）

(86) il (＝lo つまり、il cuore) piagò「心を傷つけた」。
(87) vincerla は「打ち勝つ」「優位に立つ」で、la は特定なものを示さない。

Il Tutor ricuserà,
　Io l'ingegno aguzzerò.
　Alla fin s'accheterà
　E contenta io resterò.

　後見人は拒否するでしょう、
　　〔でも〕私は知能を研ぎすませますわ。
　　最後には〔後見人も〕落ち着くでしょうし
　　私も満足することになるでしょう。

Sì, Lindoro mio sarà,
　Lo giurai, la vincerò.

　そう、リンドーロは私のものになるのよ、
　　私はそう誓ったの、私は勝ち取ります。

Io sono docile, son rispettosa,
Sono ubbidiente, dolce, amorosa,
Mi lascio reggere, mi fo guidar.

　私は大人しくて、しとやかで、
　従順で、優しく、かわいらしくて、
　人の言うがままになり、人に指図させておきます。

Ma se mi toccano
　Qua nel mio debole,
　Sorà una vipera,

　だけど、人が、もし、触ったら
　　ここ、私の弱いところを、
　　私はマムシになるでしょうよ、

E cento trappole
　Prima di cedere
　Farò giocar.

　そして、たくさんの罠を
　　私が降参する前に
　　思う存分に使ってやるわ。

⟨Recitativo レチタティーヴォ⟩

Sì, sì, la vincerò. Potessi almeno
Mandargli questa lettera. Ma come!
Di nessun qui mi fido:
Il Tutore ha cent'occhi... basta, basta:
Sigilliamola[88] intanto.
(va allo Scrittoio, e sigilla la lettera)

そうよ、そうよ、私は勝ち取るわ。ああ、もしできれば
彼にこの手紙を送ることが。だけど、どうやって！
誰も、ここでは信じられない。
後見人はあらゆるところで目を光らせている… もう、いい
とにかく封をしましょう。　　　　　　　　　　└わ。
（机のところに行って、手紙に蠟で封印をする）

Con Figaro il Barbier dalla finestra
Discorrer l'ho veduto più d'un'ora;
Figaro è un galantuomo,
Un giovin di buon cuore...
Chi sa ch'ei[89] non protegga il nostro amore.

窓から、床屋のフィガロと彼が
話をしているのを見たわ、一時間以上前のことだけど。
フィガロは実直な人だし、
誠実な若者だから…
ひょっとして私たちの恋を護ってくれるかもしれないわ。

Scena Sesta　第6場

Figaro, e detta.
フィガロと前述の女性。

FIGARO　Oh buon dì, Signorina.
フィガロ　おお、今日は、お嬢さん。

ROSINA　Buon giorno, Signor Figaro.
ロジーナ　今日は、フィガロさん。

FIGARO　Ebbene che si fa?
フィガロ　これはこれは、どうなさっていらっしゃいますか？

---

(88) Sigilliamola の -la は lettera で、「(鑞で印を押し) 手紙を封印しようではないか」。
(89) ei＝egli の詩形。ここではフィガロを指す。

ROSINA ロジーナ	Si muor di noia. 退屈で死にそうですわ。	

FIGARO
フィガロ

Oh diavolo! possibile!
Una ragazza bella e spiritosa...

なにをおっしゃいます！ そんなことありえませんよ！
美しくて才気あるお嬢さんが…

ROSINA
ロジーナ

Ah ah mi fate ridere!
Che mi serve lo spirito,
Che giova la bellezza,
Se chiusa io sempre sto fra quattro mura
Che mi par d'esser proprio in sepoltura?

おほほ、笑わせないでくださいな！
才気なんて何の役に立ちますか、
美しさなんて何の助けになりますか、
私はいつも壁に囲まれて閉じ込められ、
本当にお墓の中にいるような気がするのに。

FIGARO
フィガロ

In sepoltura?... oibò[90]!
(chiamandola a parte)
Sentite, io voglio...

お墓の中ですって？… 滅相もない！
（彼女を傍らに呼んで）
お聞きください、私はして差し上げたいのです…

ROSINA
ロジーナ

Ecco il Tutor.

ほら、後見人が来ますわ。

FIGARO
フィガロ

Davvero?

本当ですか？

ROSINA
ロジーナ

Certo, certo; è il suo passo.

確か、確かです。彼の足音です。

FIGARO
フィガロ

Salva,[91] salva; fra poco
Ci rivedremo: ho a dirvi qualche cosa.

お逃げなさい、お逃げなさい。後ほど
お会いいたしましょう。貴女様にお話しすることがございます。

---

(90) oibò＝ohibò 侮蔑、不信、嫌悪を表わす間投詞で「おやまあ」。
(91) Salva は「無事に」の意味で、ここでは「無事に（見つからないように行きなさい）」の意味。

ROSINA ロジーナ	Eh ancor[92] io, Signor Figaro.

フィガロさん、私もなのよ。

FIGARO フィガロ	Bravissima. Vado.

         それはえらい。

私は参りますよ。

(si nasconde nella prima porta a sinistra, e poi tratto tratto si fa vedere)

（左手の最初の扉に隠れる。それから、時々姿を見せる）

ROSINA ロジーナ	Quanto è garbato.

  なんて親切なんでしょう。

Scena Settima　第7場

Bartolo, e detta, indi Berta, e Ambrogio.

バルトロと前述の女性、あとでベルタとアンブロージョ。

BARTOLO バルトロ	Ah disgraziato Figaro! Ah indegno! ah maledetto! ah scellerato!

ああ、しようのないフィガロの奴め！　　　　　「め！
ああ、見下げた奴だ！　ああ、いまいましい奴め！　ああ、悪党

ROSINA ロジーナ	(Ecco qua! sempre grida.)

（やってきたわ！　いつも怒鳴ってばかりいる。）

BARTOLO バルトロ	Ma si può dar di peggio! Un Ospedale ha fatto di tutta la famiglia[93] A forza d'oppio,[94] sangue, e starnutiglia! Signorina, il Barbiere Lo vedeste?...

だが、もっとひどいことにだってなりうるのだからな！
奴は家中を病院にしてしまったぞ
阿片と、血とくしゃみ薬のせいで！
嬢や、床屋を
見かけなかったかね？…

---

(92) ancor io の ancor は、ここでは anche の意味で「(私も)また」。
(93) この文の主語はフィガロで、「di tutta la famiglia (家庭全体) を病院にしてしまった」の構文。
(94) oppioは「阿片」で、これをフィガロに処方されたために下男のアンブロージョは眠てくあくびばかりしており、sangue「血」は当時非常に流行していた「瀉血」のことであり、starnutiglia は、ベルタがフィガロに与えられたためくしゃみばかりしている「治療用くしゃみ誘発嗅ぎタバコ」のことである。

ROSINA ロジーナ		Perché? なぜですの？
BARTOLO バルトロ	Perché lo vo sapere. 知りたかったからじゃよ。	
ROSINA ロジーナ	Forse anch'egli v'adombra[95]? 恐らく彼も貴方の心を曇らせますのね？	
BARTOLO バルトロ		E perché no? なぜそれじゃいけないのかね？

ROSINA Ebben ve lo dirò. Sì, l'ho veduto,
ロジーナ Gli ho parlato, mi piace, m'è simpatico
       Il suo discorso, il suo gioviale aspetto.
       (Crepa di rabbia, vecchio maledetto.)

       いいですわ。申し上げましょう。はい、彼に会いました、
       彼と話しました。私は彼が好きですわ、感じがいいのですもの
       彼の話も、彼の若々しい姿も。
       (怒りで破裂しそうだわ、このいまいましい老人は。)

       (entra nella seconda camera a destra)
       (右の二番めの部屋に入る)

BARTOLO Vedete che grazietta!
バルトロ Più l'amo e più mi sprezza la briccona.
       Certo certo è il Barbiere
       Che la mette in malizia.
       Chi sa cosa le ha detto![96]
       Chi sa?... or lo saprò. Ehi Berta, Ambrogio.

       見たか、なんてかわいいのだろう！
       わしが好きになればなるほど、あのいたずら娘は私を軽蔑する。
       確かだ、確実だ、あの床屋が
       彼女に悪知恵をつけているのは。
       奴が彼女にどんなことを言ったか分かりはしないぞ！
       分からない？… 今に分かるぞ。おい、ベルタ、アンブロージョ。

BERTA   *(starnutando)*
ベルタ   Eccì!
       (くしゃみをしながら)
       ハクション！

---

(95) adombrare は「陰らせる」の意味だが、ここでは「心に陰を作る」つまり「疑心を抱かせる」の意味。
(96) この chi sa cosa le ha detto! の句から第7場の終わりまではオペラではカットすることがある。

AMBROGIO アンブロージョ	*(sbadigliando)* Ash! che comanda? (あくびをしながら) あーあ、ご用でございますか？	
BARTOLO バルトロ	*(a Berta)* Dimmi... (ベルタに) わしに言うのだ…	
BERTA ベルタ	Eccì! ハクション！	
BARTOLO バルトロ	Il Barbiere Parlato ha con Rosina? 床屋は ロジーナと話していたな？	
BERTA ベルタ	Eccì! ハクション！	
BARTOLO バルトロ	*(ad Ambrogio)* Rispondi Almeno tu, babbuino. (アンブロージョに) 答えるのじゃ せめてお前だけでも、この間抜けめが。	
AMBROGIO アンブロージョ	Aah! あーあ！	
BARTOLO バルトロ	Che pazienza! いらいらするわい！	
AMBROGIO アンブロージョ	Aah! che sonno! あーあ！ なんて眠いのだろう！	
BARTOLO バルトロ	Ebben?... どうなんだ？…	
BERTA ベルタ	Venne... ma io... 参りましたよ… でも私は…	

BARTOLO バルトロ	Rosina...	
	ロジーナは…	
AMBROGIO アンブロージョ	Aah!	
	あーあ！	
BERTA ベルタ	Eccì!	
	ハクション！	
AMBROGIO アンブロージョ	Aah!	
	あーあ！	
BERTA ベルタ	Eccì!	
	ハクション！	
BARTOLO バルトロ	Che serve! Eccoli qua, son mezzi morti. Parlate.[97]	
	役に立たぬわ！ 奴らはここにいても半分死人も同然だ。話すのだ。	
AMBROGIO アンブロージョ	Aah!	
	あーあ！	
BERTA ベルタ	Eccì!	
	ハクション！	
BARTOLO バルトロ	Eh il diavol che vi porti.[98]	
	いまいましい、とっとと消え失せろ。	

(li caccia dentro la Scena)

（彼らを舞台の裏に追いやる）

---

[97] Spart. では、Parlate ではなく Andate「行ってしまえ」に書き直されている。
[98] 直訳すれば「お前たちを連れ去ってくれるような悪魔（がいればよいものを）」で、「とっとと消え失せろ」のような意味。

Scena Ottava 第8場

Bartoro, indi Don Basilio.
バルトロ、それからドン・バジリオ。

BARTOLO
バルトロ

Ah Barbiere d'inferno![99]
Tu me la pagherai... Qua Don Basilio
Giungete a tempo. Oh! io voglio
Per forza o per amor dentro domani
Sposar la mia Rosina. Avete inteso?

ああ、けしからぬ床屋め！　あとでたっぷり復讐をさせてもらうぞ… おや、ドン・バジリオ
ちょうどいいところにお出でくださった。おお、わしは
力ずくであろうと愛によろうとそんなことは構わぬ、明日中に
わしのロジーナと結婚したい。お分かりかな？

BASILIO
バジリオ

Eh voi dite benissimo.

貴方様はよくぞおっしゃいました。

(dopo molte riverenze)[100]

（何回もお辞儀をしたあとで）

E appunto io qui veniva ad avvisarvi...

まさに私が参りましたのは貴方様にお告げするためで…

(chiamandolo a parte)

（彼を傍らに呼んで）

Ma segretezza!... è giunto
Il Conte d'Almaviva.

だが、秘密でございますぞ！… 到着いたしておりますぞ
アルマヴィーヴァ伯爵が。

BARTOLO
バルトロ

Chi? l'incognito[101] amante
Della Rosina?

誰がだと？　例の隠密の愛人か
ロジーナの？

BASILIO
バジリオ

Appunto quello.

まさに奴でございます。

---

(99) 直訳すると「ああ、地獄の床屋め」とは、悪態で「なんともいまいましい床屋め」。
(100) rivelenza は「尊敬、敬意」のほかに「敬意を表すお辞儀（言葉）」の意味があり、ここでは「何遍もお辞儀をしてから」。
(101) incognito は「まったく知られていない」の意味で、ここでは「正体がまったく不明の」の意味。

BARTOLO バルトロ	Oh diavolo! Ah qui ci vuol rimedio.[102]	

畜生！ ああ、何か手だてが必要じゃ。

BASILIO バジリオ	Certo: ma... alla sordina.[103]	

もちろんで。だが… 人に知られることなく。

BARTOLO バルトロ	Sarebbe a dir?...	

と言うと？…[104]

BASILIO バジリオ	Così, con buona grazia Bisogna principiare A inventar qualche favola Che al pubblico lo metta in mala vista,	

　　　　　　　　　こうでございます。手際よく
　　　　　　始めなければなりませぬ
　　　　　　なにか作り話を考えだすことを
　　　　　　世間の人が奴を悪い目で見るような、

Che comparir lo faccia
Un uomo infame, un'anima perduta...
Io, io vi servió: fra quattro gioni,
Credete a me, Basilio ve lo giura,
Noi lo farem sloggiar da queste mura.

奴が恥ずべき男で、極悪人だと
思わせられるような…
私めが、私めがお助けいたします、数日のうちに、
私をお信じください、バジリオは誓って申します、
私どもは奴を城壁外に追い出すことになるでしょう。

BARTOLO バルトロ	E voi credete?...	

あんたは〔できると〕信じていなさるのじゃな？…

BASILIO バジリオ	Oh certo! è il mio sistema: E non sbaglia.	

　　　　　　　　　　　ええ、もちろんでございます！ 私のやり方
しくじりはございませぬ。　　　　　└でございますもの。

---

(102) ci vuol(e) は、「を要する」で、rimedio は「治療薬(手段)」「手だて」。
(103) sordina はヴァイオリンなどの弱音器のことで、alla sordina は「音を弱めて」の意味から、「内緒で」「そっと」の意味になる。バジリオは音楽の先生なので、わざとこの表現を使用している。
(104) 音楽の知識のないバルトロは音楽用語を使われて分からないため、「それはつまり？」と聞き返すわけ。

BARTOLO バルトロ		E vorreste?... Ma una calunnia...

と言うと？…
だが、中傷に〔なるだろうに〕…

BASILIO バジリオ		Ah dunque La calunnia cos'è voi non sapete?

ああ、それでは
貴方様はご存じないのですな、中傷というものを？

BARTOLO バルトロ	No davvero.

いや、実際のところ。

BASILIO バジリオ	No? Uditemi e tacete.

ご存じない？　それでは黙ってお聞きください。

〈Aria　アリア〉(105)

La calunnia è un venticello
　Un'auretta assai gentile
　Che insensibile sottile
　Leggermente dolcemente
　Incomincia a sussurrar.

中傷はそよ風のようなもの
　非常に優しい爽やかな軽い風のようなもの
　目に見えず、か細く
　軽やかに、優しく
　ささやき始めるのです。

---

(105) バジリオがバルトロに「中傷」の恐ろしさを説明する有名なアリア〈陰口はそよ風のように〉が始まるが、これはボーマルシェの原作からほぼ忠実に移されている。また、フランス語の原作で、バジリオが音楽の先生らしく、piano, rinforzando, crescendo などイタリア語の音楽用語を入れたことは、中傷が勢いを増していく様子にいっそうの効果をもたらしていた。

Piano piano terra terra⁽¹⁰⁶⁾
　Sottovoce, sibilando,⁽¹⁰⁷⁾
　Va scorrendo, va ronzando:⁽¹⁰⁸⁾
　Nelle orecchie della gente
　S'introduce destramente,
　E le teste ed i cervelli
　Fa stordire e fa gonfiar.

　静かに静かに、地面すれすれに
　　声をひそめ、ヒューヒューと、
　　流れ、虫の羽音のようなブーンという音を立てて進み、
　　人々の耳に
　　上手に入り込み、
　　頭や脳みそを
　　ぼんやりさせ膨らませます。

Dalla bocca fuori uscendo
　Lo schiamazzo va crescendo;
　Prende forza a poco a poco,
　Scorre⁽¹⁰⁹⁾ già di loco in loco,
　Sembra il tuono, la tempesta
　Che nel sen della foresta
　Va fischiando,⁽¹¹⁰⁾ brontolando,
　E ti fa d'orror gelar.

　口から外に出る時には
　　騒ぎは大きくなり続け、
　　少しずつ勢力を増し
　　既に場所から場所へと走り回り、
　　もう雷や嵐のようになります
　　森の中をヒューヒューと
　　音を立て、ゴロゴロ鳴って、
　　人を恐怖で凍らせる〔雷や嵐のように〕。

---

(106) terra terra は「地上すれすれに」。
(107) sibilando(=sibilare) は、細い隙間から空気や蒸気などが出るとき、「ピー」とか「ピューピュー」など音を立てる様子。
(108) ronzando(=ronzare) は、はハエやクマバチなどの羽音が代表する「ブーン、ブーン」という低い震えるような音を出すこと。
(109) Spart. では、Scorre「流れる」の代わりに、Vola「飛ぶ」という、より意味の強い言葉に直されている。
(110) この句の fischiando(=fischiare) は「口笛を吹く」の意味だが、ここでは強風が音を立てる様を表わし、続く brontolando(=brontolare) は「ぶつぶつ文句を言う」が本来の意味だが、ここでは雷の「ゴロゴロ」の音を表わしている。

Alla fin trabocca e scoppia
　Si propaga si raddoppia
　E produce un'esplosione
　Come un colpo di cannone,
　Un tremuoto, un temporale,
　Un tumulto generale
　Che fa l'aria rimbombar.

　ついには、溢れ出し、破裂し
　　広がり、倍にも膨れ上がり
　　爆発を起こします
　　まるで、大砲の一撃のように、
　　地震のように、嵐のように、
　　あたりの空気を鳴り響かせる
　　大騒動のように。

E il meschino calunniato
　Avvilito, calpestato
　Sotto il pubblico flagello
　Per gran sorte[111] va a crepar.

　気の毒な中傷された男は
　　気もくじかれ、踏みにじられ
　　世間の答に打たれ
　　かわいそうにもくたばってしまうのです。

〈Recitativo レチタティーヴォ〉

Ah che ne dite?
　ああ、どうお考えですか？

BARTOLO　　　　　　　Eh sarà ver, ma diavolo[112]!
バルトロ　Una calunnia è cosa che fa orrore!
No no non voglio affatto, e poi e poi
Si perde tempo, e qui stringe il bisogno.

　　　　うーん、そうかもしれぬ、だが、なんとまあ！
　　中傷とは恐ろしいことをするものじゃな！
　　いやいや、わしはまったく望まぬ、それに、それにだ
　　時間が無駄にかかる、ここでは急を要するのだ。

---

(111) per gran sorte は、ここでは逆の意味で「大変不幸なことには」「惨い運命だが」。
(112) Spart. では、1行目の最後の ma diavolo の代わりに ma intanto「だが、そうこうしているうちに」に書き直されていて、次の2行はなく、3行目の Si perde... に続く。

No, vo' fare a mio modo;
In mia camera andiam. Voglio che insieme
Il contratto di nozze ora stendiamo.

いや、わしのやり方でやろう。
わしの部屋に行こう。一緒に
結婚の契約書を作成しよう。

Quando sarà mia moglie
Da questi Zerbinotti[113] innamorati
Metterla in salvo sarà pensier mio.

あれがわしの妻になったときは
こうした惚れた伊達男たちから
あれを安全に護ることはわしが考えるから。

BASILIO
バジリオ

(Vengan danari:[114] al resto son qua io)

（金を払ってくれますように。ともかく、私がここにいるのだから）

(entrano nella prima camera a destra)

（彼らは右の最初の部屋に入る）

Scena Nona　第9場

Figaro uscendo con precauzione, indi Rosina
フィガロが用心深く出てきて、それからロジーナ。

FIGARO
フィガロ

Ma bravi! ma benone!
Ho inteso tutto. Evviva il buon Dottore.
Povero Babbuino!
Tua Sposa?... eh via! pulisciti il bocchino.

だが、奴らはえらいものだよ！　だが、上々だ！
あっしは全部聞いてしまったぞ。万歳、間抜けなドクター！
哀れなショウジョウザルめ！
お前の嫁さんだと？… よせやい！　お口をお拭きくださいだ。

---

(113) Zerbinottiは「おしゃれな伊達男」。Spart. では、頭の z は小文字に書き直されている。
(114) Vengan(o) danari は、願望文で「お金が来ますように」つまり「（バルトロが）謝礼を支払ってくれますように」の意味。

Or che stanno là chiusi
Procuriam di parlare alla Ragazza:
Eccola appunto.

奴らが向こうに閉じこもっている今のうちに
お嬢さんに話しておくとしよう。
おや、まさに彼女だ。

ROSINA
ロジーナ

Ebbene, Signor Figaro?

それで、フィガロさん？

FIGARO
フィガロ

Gran cose, Signorina.

大事なことで、お嬢様。

ROSINA
ロジーナ

Sì davvero?

まあ、本当に？

FIGARO
フィガロ

Mangerem dei confetti.(115)

私たちは婚礼祝いの砂糖菓子を食べるんですよ。

ROSINA
ロジーナ

Come sarebbe a dir?

それはどういう意味なの？

FIGARO
フィガロ

Sarebbe a dire
Che il vostro bel Tutore ha stabilito
Esser dentro doman vostro marito.

それはつまり
貴女のご立派な後見人が決めたんでがすよ
明日中に貴女様の夫になるって。

ROSINA
ロジーナ

Eh via!

まあ、やめて！

FIGARO
フィガロ

Oh ve lo giuro:
A stendere il contratto
Col Maestro di Musica
Là dentro or s'è serrato.

誓って申しますですよ。
〔結婚の〕契約書の作成のために
音楽の先生と一緒に
あっちに今こもっているところですんで。

---

(115) confetti は、結婚式の引き出物として配られる砂糖菓子。つまり、ここで「砂糖菓子を食べる」は「私たちは結婚式に出席する」の意味でバルトロが早急に結婚式を挙げようとしていることを示唆している。

ROSINA ロジーナ	Sì? oh l'ha sbagliata affè![116] Povero sciocco! l'avrà a far con[117] me. Ma dite, Signor Figaro, Voi poco fa sotto le mie fenestre Parlavate a un Signore...

  そうなの？ おお、彼はまったく勘違いをしている！
  気の毒なお馬鹿さんめ！ 今度は私がお相手というわけなの
  だけど、フィガロさん、話してくださいな、   └に。
  貴方は少し前に私の窓の下で
  あるお方と話していらっしゃったわね…

FIGARO フィガロ	[118]A un mio cugino... Un bravo giovinotto; buona testa, Ottimo cuor; qui venne I suoi studi a compire, E il poverin cerca di far fortuna.

         私の従弟とですよ…
  感心な若者で、頭がよくて、
  誠実な心の持ち主です。この町に来たんです
  勉強を終わらせに、
  それに、気の毒なあいつは幸運を求めているのです。

ROSINA ロジーナ	Fortuna? eh la farà.

  幸運ですって？ ああ、彼はできますわよ。

FIGARO フィガロ	Oh ne dubito assai: in confidenza Ha un gran difetto addosso.

  おお、あっしはとても疑っているんで。打ち明けますが
  奴は大変な欠点の持ち主なんでさあ。

ROSINA ロジーナ	Un gran difetto?...

  大変な欠点ですって？…

FIGARO フィガロ	Ah grande. È innamorato morto.

       さようで、大きなものでがんすよ
  死ぬほどの恋に陥っているんでがんす。

---

(116) affè は古語で、「誓って言うが」「本当に」の意味。
(117) averla a fare con～は「(～と) 関わりを持つ」で、ここでは「(今度は) 私がお相手だわ」つまり、「私、がひどい目に遭わせてやるから」の意味。
(118) Spart. では、この1行は次のように書き直されている。
  Ah...un mio cugino. ああ… 私の従弟ですよ。

ROSINA ロジーナ	Sì, davvero? Quel giovane, vedete, M'interessa moltissimo.

         そうなの、本当に？
あの若者に、いいこと、
私は大変に関心を持っているの。

FIGARO フィガロ	Per bacco!

         おやまあ！

ROSINA ロジーナ	Non ci credete?...

貴方は本気になさらないのね？…

FIGARO フィガロ	Oh sì.

        いや、本気にしますとも。

ROSINA ロジーナ	E la sua bella, Dite, abita lontano?...

       あの方の美しい人は、
教えて、遠くに住んでいらっしゃるの？…

FIGARO フィガロ	Oh no!... cioè... Qui!... due passi...

       おお、いいえ！… つまり…
ここなんで！… ごくお近くで…

ROSINA ロジーナ	(119)(Io scommetto... Scommetto ch'ei sa tutto. Or mi chiarisco.)

      （私は賭けてもいいわ…　　　　　　「う。）
彼はすべて知っているのよ。今、はっきりさせてやりましょ

FIGARO フィガロ	(Ora casca.)

（今や、彼女は引っかかったぞ。）

ROSINA ロジーナ	Ah un piacere Io chiederti vorrei.

     あの、一つお願いが
あるのですが。

---

(119) ここから原リブレットで7行のロジーナおよびフィガロのパートは作曲されていないため、当然、Spart. にもなく、ロジーナの È bella? に続く。なお、Spart. では、È bella? の前に Ma が付け加えられている（「だけど、綺麗な方？」）。

FIGARO フィガロ		Dite, son qua.

どうぞおっしゃってくださいまし、私は
　　　　　　　　　└ここにおりますから。

ROSINA ロジーナ	Del tuo cugin l'amante fortunata È bella?...

貴方の従弟の幸運な愛人は
美しい方？

FIGARO フィガロ	Oh bella assai, Eccovi il suo ritratto in due parole. Grassotta, genialotta, Capello nero, guancia porporina, Occhio che parla, mano che innamora.

　　　おお、大変な美人でござんして、
手短に彼女の姿を申し上げるといたしましょう。
ぽっちゃりしていて、才気があって、
髪は黒く、ほほは赤く、
目はものを言い、手は人の心を虜にするという具合で。

ROSINA ロジーナ	E il nome?...

で、お名前は？…

FIGARO フィガロ	Ah il nome ancora?... Il nome... Ah che bel nome... Si chiama...

　　　ああ、名前もですか？…
名前は… ああ、かわいい名前なんでして…
名前は…

ROSINA ロジーナ	Ebben?... si chiama?...

　　　どうしたの？… なんとおっしゃるの？…

FIGARO フィガロ	Poverina!... Si chiama... r... o... ro... rosi... Rosina.[120]

　　　　　　　　気の毒に！…
名前は… ロ… ロ… ロジ… ロジーナです。

---

(120) Spart. では、このアルファベットの区分が次のようにもっとゆっくり発音するように書き直されている。
　　R... o... Ro... s... i... si... Rosi... n... a... na... Rosina.

⟨Duetto 二重唱⟩

ROSINA
ロジーナ

Dunque io son... tu non m'inganni?
Dunque io son la fortunata!...
(Già me l'ero immaginata:
Lo sapevo pria di te.)

それでは私ではないの… 貴方は私に嘘を言っていな
　　　　　　　　　　　　　　└いでしょうね?
それでは私が幸福な女性というわけね!…
(すでに、想像していたのよ。
貴方より前に知っていました。)

FIGARO
フィガロ

Di Lindoro il vago[(121)] oggetto
[(122)]Sì, voi siete, o mia Rosina:
[(123)](È una volpe sopraffina
La sa lunga[(124)] per mia fè!)

リンドーロの憧れのお相手とは
そうでござんす、貴女様なんです、あっしのロジー
(ものすごく頭の切れる女ギツネだぞ　└ナさん。
本当に抜け目がないわい!)

ROSINA
ロジーナ

Senti senti... ma a Lindoro
Per parlar come si fa?

ねえ、ねえ… だけどリンドーロとは
どうやったら話せるの?

FIGARO
フィガロ

Zitto, zitto, qui Lindoro
Per parlarvi or or sarà.

黙って、静かに、ここにリンドーロは
間もなく〔参ります〕貴女と話しに。

---

(121) vago は、普通は「漠然とした」を意味するが、詩語・文語では「憧れの」の意味。つまり、ここでは「(リンドーロの) 憧れの (対象・目的)」になる。
(122) Spart. では、この1行は Siete voi, bella Rosina と書き直されている。
(123) Spart. では、この2行は次のように書き直されている。
　　　Oh che volpe sopraffina!　　おお、なんという頭の鋭い女ギツネだ
　　　ma l'avrà da fare con me.　　だが、今度はあっしがお相手だから。
(124) saperla lunga は、「抜け目がない」の意味で、そのあとの per mia fè は「誓って言うが」「本当に」の意味。

ROSINA ロジーナ		Per parlrami?... bravo! bravo! Venga pur, ma con prudenza; Io già moro d'impazienza! (125)Ah che tarda?... cosa fa?

　　　　私と話しに？… 素晴らしい！ 素敵だわ！
　　　　どうぞ来てください、でも用心して。
　　　　私はもう待ちきれなくて死にそうだわ！
　　　　ああ、なんと遅いのでしょう？… どうしたらいいも
　　　　　　　　　　　　　　　　　　└のかしら？

FIGARO
フィガロ
　　　　　Egli attende qualche segno
　　　　　Poverin del vostro affetto;
　　　　　Sol due righe di biglietto
　　　　　Gli mandate, e qui verrà.
　　　　　Che ne dite?...

　　　　奴はなんか印を待っているんですよ
　　　　気の毒に、貴女の愛情の〔証しの〕。
　　　　ほんの短いお手紙でも
　　　　奴にお送りくだされば、ここに参りますでしょうよ。
　　　　どうお考えですかね？…

ROSINA
ロジーナ
　　　　　　　　(126)Non saprei...
　　　　　　できませんわ〔そんなこと〕…

FIGARO
フィガロ
　　　Su conraggio.
　　　さあ、勇気を出しなすって。

ROSINA
ロジーナ
　　　　　　　Non vorrei...
　　　　　　いやですわ…

FIGARO
フィガロ
　　　Sol due righe...
　　　たった二行でよござんすよ…

ROSINA
ロジーナ
　　　　　　　Mi vergogno...
　　　　　　恥ずかしいわ…

---

(125) Spart.では、Ah が ma と書き直され ma che tarda?...「でも、なんで遅いのかしら？」になっている。
(126) Spart. では、ここは Non vorrei... で、次のロジーナの言葉が Non saprei... と入れ替わっているが、この方が論理的。

FIGARO フィガロ		Ma di che?... di che?... si sa? Presto presto; qua un biglietto.

何?… 何が?…〔なんでもないことぐらい〕知って
早く、早くして、ここに紙がありますよ。└いますね?

(andando allo scrittoio)

(机に向かいながら)

ROSINA
ロジーナ

Un biglietto?... eccolo qua.

手紙ですね?… ほらここにありますわ。

(richiamandolo cava dalla tasca il biglitto e glielo dà)

(彼をもう一度呼んで、ポケットから手紙を取り出して渡す)

FIGARO
フィガロ

(attonito)

Già era scritto!... [127]oh ve' che bestia.
E il maestro io faccio a lei!

(びっくり仰天して)   └間抜けなんだろう。
もう書いてしまってあるとは!… おお、なんという
あっしが彼女の〔恋の〕指南役をするなんて!

Ah che in cattedra costei
Di malizia può dettar.
Donne donne, eterni Dei,
Chi vi arriva a indovinar?

ああ、彼女は教壇に立って
悪知恵についての講義もできように。
女、女、おお神々よ   └きるのだろう?
いったい誰が彼女らの考えをうかがい知ることがで

ROSINA
ロジーナ

Fortunati affetti miei
Io comincio a respirar.
Ah tu solo, amor, tu sei
Che mi devi consolar.

私の愛は報われたのよ
これでやっと安堵の吐息がつけるというものだわ。
ああ、貴方だけが、愛する人よ、貴方こそ
私を慰めてくださらなければならないのよ。

(Figaro parte)

(フィガロは出て行く)

---

(127) Spart. では、1行目の oh ve' che bestia の感嘆詞 oh がない。また、2行目は次のように少し書き直されている。
　　Ve'che bestia! il maestro faccio a lei!
ここでの che bestia は、「見ろよ、あっしとはなんという獣だかを(つまり、なんという間抜けだったのかを)」の意味で、自分の迂闊をあざ笑っている。また、ve' は vedi の省略形。

Scena Decima　第10場

⟨Recitativo　レチタティーヴォ⟩

Rosina, indi Bartolo.
ロジーナ、あとからバルトロ。

ROSINA
ロジーナ
Ora mi sento meglio.
Questo Figaro è un bravo giovinotto.

やっと気分が良くなったわ。
このフィガロとは感心な若者だわ。

BARTOLO
バルトロ
In somma, colle buone,[128]
Potrei sapere dalla mia Rosina
Che venne a far colui questa mattina?

要するにだ、穏やかにやれば
わしのロジーナから聞き出せようというものだ、
今朝、あいつがなにをしにやってきたかを。

ROSINA
ロジーナ
Figaro? non so nulla.

フィガロですか？　何にも知りませんわ。

BARTOLO
バルトロ
Ti parlò?

お前と話していただろう？

ROSINA
ロジーナ
Mi parlò.

私と話していましたわ。

BARTOLO
バルトロ
Che ti diceva?

お前に何を言ったんだ？

ROSINA
ロジーナ
Oh mi parlò di cento bagattelle;
Del figurin di Francia,[129]
Del mal della sua figlia Marcellina...

おお、たくさんつまらないことを話しましたわ。
フランスの流行だの、
娘のマルチェッリーナの病気のことやらを…

---

[128] colle buone＝con le buone maniere「礼儀正しい仕方で(やれば)」の意味。
[129] figurino di Francia は「フランスのモード雑誌(またはデザイン、モード)」

BARTOLO バルトロ	Davvero? ed io scommetto... Che portò la risposta al tuo biglietto.	

本当かな？ わしは賭けてもいい…
奴はお前の手紙の返事を持ってきたのだ。

ROSINA ロジーナ	Qual biglietto?	

何の手紙です？

BARTOLO バルトロ	Che serve? L'arietta dell'inutil precauzione Che ti cadde staman giù dal balcone. Vi fate rossa?... (avessi indovinanto!) Che vuol dir questo dito Così sporco d'inchiostro?	

〔そんな言い訳は〕何の役に立つ？
あの「無駄な用心」のアリアだよ、
今朝お前がバルコニーから落とした。
赤くなりおったな？…（ひょっとすると図星だったのだ！）
この指はどういうことだな
こんなにインクで汚れて？

ROSINA ロジーナ	Sporco? oh nulla! Io me l'avea scottato, E coll'inchiostro or or l'ho medicato.	

　　　　　　　　　　　　　汚れているですって？ おお、何で
指を火傷したので、　　　　　　　　　　　もないの
インクでたった今手当てをしましたの。

BARTOLO バルトロ	(Diavolo!) E questi fogli? Or son cinque, eran sei.	

（いまいましい！）それでこの紙は？
今は五枚だが、六枚あったのだが。

ROSINA ロジーナ	Que' fogli?... è vero; D'uno mi son servita A mandar de' confetti a Marcellina.	

　　　　　　　　　　　ああ、紙のこと？… 本当だわ、
一枚は私が使いました
マルチェッリーナに砂糖菓子を持たせてやるために。

---

(130) 昔はインクは消毒・消炎の役を果たすと信じられていた。

BARTOLO バルトロ	Bravissima!... E la penna Perché fu temperata? うまく逃げおった！… だが、ペン先を なぜ尖らせたのじゃな？	
ROSINA ロジーナ	(Maledetto!) La penna?... Per disegnare un fiore sul tamburo.[131] （いまいましい奴ね！）ペン先ですか？… 刺繍の枠の〔布の〕上に花を描くためですわ。	
BARTOLO バルトロ	Un fiore?... 花じゃと？…	
ROSINA ロジーナ	Un fiore. 花ですわ。	
BARTOLO バルトロ	Un fiore?... Ah fraschetta! 花じゃと？… ああ、軽薄な娘め！	
ROSINA ロジーナ	Davver?... 本当に？…	
BARTOLO バルトロ	Zitto. 黙って。	
ROSINA ロジーナ	Credete... 信じてください…	
BARTOLO バルトロ	Basta così. もうたうさんじゃ。	
ROSINA ロジーナ	Signor... 貴方様…	
BARTOLO バルトロ	Non più, tacete. これ以上はいい、黙っていなさい。	

---

(131) tamburo は、円筒形の刺繍用の枠。ここでは「枠の上に張った布」のこと。

⟨Aria アリア⟩

A un Dottor della mia sorte
  Queste scuse, signorina?...
  Vi consiglio mia carina,
  Un po' meglio a imposturar.

わしのようなドクターに向かって
  こんな言い訳かね、お嬢さん?…
    いい子よ、お前に忠告しておこう、
    もう少しましな嘘をつくようにと。

I confetti alla ragazza?
  Il ricamo sul tamburo?
  Vi scottaste?... Eh via!... eh via!...
  Ci vuol altro figlia mia,
  Per potermi corbellar.[132]

女の子に砂糖菓子だと?
  枠の上の刺繍だと?
  火傷しただって?… もうよせ!… もういいよ!…
  娘や、それだけでは駄目だ、
  わしを欺くには。

Perché manca là quel foglio?
  Vo' saper cotesto imbroglio;
  Sono inutili le smorfie...
  Ferma là; non mi toccate;
  Figlia mia, non lo sperate,
  Non mi lascio infinocchiar.

なぜ、あの紙が足りないのかね?
  わしはこのからくりを知りたいのだ。
  科を作っても無駄だ…
  そこを動くな、わしに触るな。
  娘や、期待してもだめじゃ、
  わしが一杯食わされっぱなしでいると。

Via carina, confessate,
  Son disposto a perdonar.

さあ、白状しなさい、
  わしは許してやろうと思っているのだから。

---

(132) corbellare は「騙す」「欺く」。

Non parlate? vi ostinate?...
　So ben io quel che ho da far.

　話さないのかね？　強情を張るのかね？…　「だよ。
　　わしは自分がしなければならぬことはよく知っているの

Signorina, un'altra volta
　Quando Bartolo andrà fuori
　La consegna[133] ai servitori
　A suo modo dar saprà.

　嬢や、今度
　　バルトロが外出するときは
　　召し使いたちに厳重に命令を
　　わしなりの方法で下していくこともできるのじゃよ。

Eh non servono le smorfie;
　Faccia pur la gatta morta;[134]
　Cospetton per quella porta
　Nemmen l'aria entrar potrà.

　えい、科を作っても役に立たぬわい、
　　罪のないような顔をしたければするがよい。
　　いまいましい、あの扉からは
　　風も入らないようにするからな。

E Rosina innocentina
　Sconsolata disperata
　In sua camera serrata
　Fin ch'io voglio star dovrà.
　(parte)

　無邪気そうな顔をしたロジーナよ
　　意気消沈して、絶望して
　　自分の部屋に閉じこもるがよい
　　わしの望む限り。
　　（出て行く）

Scena Undicesima　第11場[135]

〈Recitativo　レチタティーヴォ〉

Rosina sola.
　ロジーナただ一人。

---

(133) dare la consegna は、ここでは「厳重な見張りを命じる」。
(134) fare la gatta morta は「（さも無邪気そうなふりをして）猫をかぶる」。
(135) 第11場は全部省略されることもある。

ROSINA
ロジーナ

Brontola quanto vuoi,
Chiudi porte e fenestre. Io me ne rido;
Già di noi altre femmine
Anche alla più marmotta[136]
Per aguzzar l'ingegno,
E farla spiritosa tutto a un tratto,
Basta chiuderla a chive, e il colpe è fatto.

言いたいだけぶつぶつ言うがいいわ、
扉も窓も閉めなさいよ、私はなんとも思わないわ。
そうよ、私たち女性の
一番のろまな女性にだって
機転を磨かせ、
彼女を突然機転に満ちたものにさせるためには、
鍵をかけて閉じ込めれば十分、それでことは完了なのよ。

(entra nella seconda camera a destra)
(右手の二番目の部屋に一人で入る)

Scena Dodicesima　第12場

Berta sola dalla seconda camera a sinistra.
ベルタが一人で左手の二番目の部屋から出てくる。

BERTA
ベルタ

Finora in questa camera
Mi parve di sentire un mormorio,
Serà stato il Tutor. Colla Pupilla
Non ha un'ora di ben.[137] Queste ragazze
Non la voglion capir...
(si ode picchiare)
Battono.

今までぶつくさ言うのを
聞いたような気がしたのだけど、
きっと後見人だったのでしょう。あの被後見人の娘とは
一時間だってうまくいかないんだから。今時の娘たちは
話を聞こうとしないんだから…
(ドアを叩く音が聞こえる)
ノックしている。

---

(136) marmotta は、ここでは「モルモット」でなくて「鈍感(間抜けな) 女性」の意味。
(137) un' ora di ben(e) とは「ひと時の仲の良さ」。

| CONTE
伯爵 | *(di dentro)*
　　　　Aprite. |

(中から)
　　　　開けてくれ。

| BERTA
ベルタ | 　　　　Vengo.
Eccì! Ancora dura.
Quel tabacco mi ha posto in sepoltura. |

　　　　　　ただ今参ります。
　　ハクション！　まだ続いている。
　　あの〔嗅ぎ〕タバコは私を墓に埋めてしまったよ。

Scena Tredicesima　第13場

Il Conte travestito da Soldato di Cavelleria, indi Bartolo.
騎兵の兵卒に扮装した伯爵、それから、バルトロ。

〈Finale I　第1幕フィナーレ〉

| CONTE
伯爵 | Ehi di casa...[138] buona gente...
　Ehi di casa... niun[139] mi sente!... |

　　おーい、この家の… 人たちよ…
　　　おーい、この家の者は… 誰も俺の声が聞こえないのか！…

| BARTOLO
バルトロ | Chi è costui?... che brutta faccia!
　È ubbriaco!... chi sarà? |

　　誰だあいつは？… 胡散臭い顔をしている！
　　　酔っぱらいだ！… 誰だろう？

| CONTE
伯爵 | Ehi di casa... Maledetti!... |

　　おーい、この家の者… 畜生め！…

| BARTOLO
バルトロ | Cosa vuol, signor Soldato?... |

　　なんのご用です、兵隊殿？…

---

(138) Ehi di casa は、「おーい、家の者は誰かいるか？」の意味。
(139) niun＝nessuno で、「誰も…しない」。

CONTE 伯爵	*(vedendolo)* Ah... sì, sì... bene obbligato. *(cerca in tasca)*	

（彼を見て）
ああ、そう、そう… かたじけない。
（ポケットの中を探す）

BARTOLO バルトロ	(Qui costui che mai vorrà?)	

（こいつはいったい何をしようというのだろう？）

CONTE 伯爵	Siete voi... Aspetta un poco... Siete voi... Dottoe balordo.[140]	

あんたは… ちょっと待ってくれ…
あんたは… ドクター・バロルドで…

BARTOLO バルトロ	Che balordo?...	

なに、バロルドだと？…

CONTE 伯爵	*(leggendo)* Ah ah, bertoldo.[141]	

（読みながら）
ああ、ベルトルドだ。

BARTOLO バルトロ	Che bertoldo? Eh andate al diavolo, Dottor Bartolo.	

なにベルトルドだと？ えーい、とっとと消え失せろ、
ドクター・バルトロだ。

CONTE 伯爵	Ah bravissimo, Dottor barbaro;[142] benissimo, Già c'è poca differenza. (Non si vede! che impazienza! Quanto tarda!... dove sta?)	

ああ、非常にえらい、
ドクター・バルバロ、非常によろしい、
だって、違いはわずかではないですか、
（彼女が見えぬ！ イライラする！
なんて遅いんだ！… どこにいるのだろう？）

(140〜142) 伯爵は酔っぱらいの真似をしながら、バルトロの名前に似た3つの言葉をわざと使って、バルトロをからかう。(140) の balordo は「愚かな」、(141) の bertoldo は「粗野で間抜けの」、(142) の barbaro は「野蛮な」。また、Spart. では、(142) の dottor barbaro で伯爵の言葉はいったん終わり、すぐあとに、バルトロの次の言葉が一行挿入されている。
　Un corno!　いや、まったく違う！
そして、このあとの伯爵の言葉は次のように Va を加えた言葉で始まり、前の続きに戻る。
　Va benissimo...

BARTOLO バルトロ	(Io già perdo la pazienza, 　Qua prudenza ci vorrà.) (わしはもう我慢ができぬ、 　だが、ここは注意を要するぞ。)
CONTE 伯爵	Dunque voi... siete Dottore?... さてと貴方は… ドクターですな？…
BARTOLO バルトロ	Son Dottore... Sì, Signore. わしはドクター… さようじゃが。
CONTE 伯爵	Ah benissimo; un abbraccio. Qua collega. ああ、非常によろしい、さあ抱擁だ。 こっちに〔来いよ〕、同僚よ。
BARTOLO バルトロ	Indietro. 　　　　さがれ。
CONTE 伯爵	Qua. 　　　　こっちに。

(Io abbraccia con forza)
(力一杯抱きしめる)

Sono anch'io Dottor per cento[143]
　Manescalco al reggimento.
　Dell'alloggio sul biglietto

あっしも百〔頭相手〕のドクターでがす
　連隊の蹄鉄工でさあ。
　宿泊票に〔書いてありまさあ〕

(Pressentando il biglietto)
(票を差し出しながら)

Osservate, eccolo qua.
見てくだせえ、ほら、ここでさあ。

---

(143) Dottore per cento は、「百を対象とする（つまり、ここでは連隊の百頭もの馬の）ドクター」の意味。

BARTOLO
バルトロ

(Dalla rabbia, dal dispetto,
　Io già crepo in verità.
　Ah ch'io fo se mi ci metto[144]
　Qualche gran bestialità!)

　(怒りで、苛立ちで、
　　わしは、本当に、もう死ぬほど腹が立つ。
　　わしも、腹を立てられるなら、やってやるものを
　　なにか大騒動を！)

(legge il biglietto)

（票を読む）

CONTE
伯爵

(Ah venisse il caro oggetto
　Della mia felicità.
　Vieni vieni; il tuo diletto
　Pien d'amor t'attende qua.)

　(ああ、来てくれればなあ、かわいい相手が
　　私の幸福の。
　　来てくれ、来てくれよ、お前の愛しい人が
　　愛情であふれ、お前をここで待っているのに。)

Scena Quattordicesima　第14場

Rosina e detti.
ロジーナと前述の人々。

ROSINA
ロジーナ

D'ascoltar qua m'è sembrato[145]
Un insolito romore...

　ここで、聞いたような気がしたわ
　ただならぬ音を…

(si arresta vedendo Bartolo)

（バルトロを見て立ち止まる）

Un Soldato, ed il Tutore...
Cosa mai faranno qua?

　兵隊と後見人と…
　いったいここで何をするんだろう？

(si avanza pain piano)

（そっとそっと前に進む）

---

(144) se mi ci metto は、ここでは「もし私が堪忍袋の緒を切らせたら」の意味。
(145) ロジーナのこの2行は作曲されておらず、Spart. にも当然のことながらない。

CONTE 伯爵	(È Rosina: or son contento.)	
	（ロジーナだ、もうわしは満足だ。）	
ROSINA ロジーナ	(Ei mi guarda, e s'avvicina.)	
	（彼は私を見ているわ、そして近づいてくるわ。）	
CONTE 伯爵	*(piano a Rosina)* (Son Lindoro.)	
	（そっとロジーナに）	
	（私はリンドーロです。）	
ROSINA ロジーナ	(Oh ciel! che sento! Ah giudizio per pietà.)	
	（おお、神様！ なんということを私は聞いた ああ、お願いです、判断力をお持ちになって。）のでしょう！	
BARTOLO バルトロ	*(vedendo Rosina)* Signorina, che cercate?... Presto, presto, andate via.	
	（ロジーナを見て） 嬢や、なにを探しているのだな？… 早く、早く向こうに行きなさい。	
ROSINA ロジーナ	Vado, vado, non gridate.	
	参ります、参ります、大きな声を出さないでくださいな。	
BARTOLO バルトロ	Presto presto via di qua.	
	早く、早く、ここから立ち去って。	
CONTE 伯爵	Ehi ragazza vengo anch'io.	
	おい、娘さん、あっしも行きますよ。	
BARTOLO バルトロ	Dove dove, signor mio?	
	どこにだ、どこにです？ 貴方。	
CONTE 伯爵	In caserma, oh questa è bella![146]	
	兵営にだよ、これは名言だ！	
BARTOLO バルトロ	In caserma?... bagattella!	
	兵営じゃと？… 馬鹿なことを！	

---

(146) oh questa e'bella！は、伯爵が咄嗟に自分が口に出した「兵営に」の言葉に、思わず「こいつはいい考えだ」とほくそ笑む様子を表わす。

CONTE 伯爵		Cara...
		愛しい貴女…
ROSINA ロジーナ		Aiuto...
		どうしましょう…
BARTOLO バルトロ		Olà cospetto.
		おお、なんということだ。

CONTE
伯爵

(a Rosina)
(Via prendete...[147]
(guardando Bartolo)
　　　　　　Maledetto!

（ロジーナに）
（さあ、受け取って…
（バルトロを見ながら）
　　　　　　畜生め！

(a Rosina mostrandole futivamente un biglietto)
（ロジーナにそっと手紙を見せながら）

Fate presto per pietà.)
お願いだから早くしてください。）

BARTOLO
バルトロ

(Ubbriaco maledetto!
Ah costui crepar mi fa.)

（いまいましい酔っぱらいめ！
ああ、こいつはわしを怒りで死なせてしまう。）

CONTE
伯爵

(a Bartolo)
Dunque vado...

（バルトロに）
では、行くとしようか…

(incamminandosi verso le camere interne)
（奥の部屋の方に歩き始めながら）

BARTOLO
バルトロ

(trattenendolo)
　　　　　　Oh no, signore,
Qui d'alloggio star non può.[148]

（彼を引き止めて）
　　　　おお、駄目ですよ、貴方、
　　ここには宿泊なんぞできませんぞ。

---

(147) この伯爵の3行と、その次のバルトロの2行は作曲されておらず、そのあと、伯爵のバルトロへの言葉 Dunque vado... から始まる。
(148) Spart. では、non può star だが、意味に違いはない。

CONTE 伯爵		Come? come? 何だ？何だと？
BARTOLO バルトロ		Eh non v'è replica; Ho il brevetto d'esenzione.(149) 反論の余地なしじゃ、 わしはお役目免除証を持っておりますからな。
CONTE 伯爵		*(adirato)* Che brevetto?...(150) （怒って） なんの証書だと？…
BARTOLO バルトロ		(151)Oh mio padrone, Un momento e il mostrerò. おお、貴方様、 ちょっとお待ちを、それをお見せいたしますから。
		(va allo Scrittoio) （書き机に向かう）
CONTE 伯爵		Ah se qui restar non posso Deh prendete... ああ、もしここに私がおれないとなると それでは、受け取ってください…
ROSINA ロジーナ		Ahimè ci guarda! どうしましょう、私たちを見ていますわ！
CONTE e ROSINA 伯爵とロジーナ		(Cento smanie io sento addosso, Ah più reggere non so.) （私は我慢ができなくてたまらないわ、 ああ、もう耐えられない。）
BARTOLO バルトロ		*(cercando nello Scrittoio)* (Ah trovarlo ancor non posso, Ma sì sì lo troverò.) Ecco qui. （書き机の中を探しながら） （ああ、まだ見つからない、 だけど、そう、そう、見つけますぞ。） ここにあった。

---

(149) il brevetto d'esenzione は、ここでは「兵士を宿泊させる義務を免除する証明書」。
(150) Spart. では、Il brevetto? になっているが意味はほとんど同じ。
(151) Spart. では、Oh がなく Mio padrone だが、意味は同じ。

(venendo avanti con una pergamena: legge)
（羊皮紙を持ってやってきて、読む）

    Con la presente
Il Dottor Bartolo, etcetera,
Esentiamo...

    本状を持って
ドクター・バルトロを、云々
免除するものなり…

CONTE
伯爵

Eh andate al diavolo,

やい、くたばれ、

(con un rovescio di mano manda in aria la pergamena)
（手の甲で叩き羊皮紙を空中に舞い上げる）

Non mi state più a seccar.

もう、これ以上くだらないことでうんざりさせないでくれ。

BARTOLO
バルトロ

Cosa fa, signor mio caro?...

何をなさる、貴方は？…

CONTE
伯爵

Zitto là, Dottor somaro,[152]
Il mio alloggio è qui fissato
E in alloggio qui vo star.

黙ってそこにいろ、ドクター・ロバ、
あっしの宿はここだと決められている
あっしはここに泊まるからな。

BARTOLO
バルトロ

Voi restar...

貴方がここに残る…

CONTE
伯爵

    Restar sicuro.

    確実に残るさ。

BARTOLO
バルトロ

Oh son stufo, mio padrone:
Presto fuori, o un buon bastone
Lo farà di qua sloggiar.[153]

おお、わしはもうたくさんだ、貴方。
早く出て行きなさい、さもないと、ステッキの一撃が
ここから追い出すことになりますぞ。

---

(152) Dottor somaro の somaro は、「ロバ」の意味と同時に「薄のろ」「馬鹿」の意味もある。
(153) Spart. では、Lo の代わりに Ti で、Ti farà di qua sloggiar. と、「お前をここから追い出すことになりますぞ」と書き直されているが、この方が道理にかなっている。

CONTE 伯爵	*(serio)* Dunque lei... lei vuol battaglia?... Ben!... battaglia li vo dar.⁽¹⁵⁴⁾ Bella cosa una battaglia! Ve la voglio or or mostrar.	

（真面目な顔をして）
それでは、貴殿は… 貴殿は戦いをご所望で？…
よろしい！… 貴殿と一戦を交えましょう。
素晴らしいものだよ、戦いは！
貴殿にここでそれをご覧に入れるとしよう。

(avvicinandosi amichevolmente a Bartolo)
（親しげにバルトロに近づいて）

Osservate!... questo è il fosso...
L'inimico voi sarete...

よくご覧なさい！… ここが掘り割りだ…
敵は貴方ですぞ…

(gli dà una spinta)
（彼に一突きを与える）

Attenzion... (giù il fazzoletto.)

気をつけて… （ハンカチを落とすのですよ。）

(piano a Rosina, alla quale si avvicina porgendole la lettera)
（そっとロジーナに、そして手紙を差し出しながら彼女に近づく）

E gli amici stan di qua.
Attenzione!...

そして、味方はこちらにいます。
気をつけて！…

(coglie il momento in cui Bartolo l' osserva meno attentamente, lascia cadere il biglietto, e Rosina vi fa cader sopra il fazzoletto)
（バルトロがよく注意して彼女を見ていない瞬間をとらえて、手紙を落とし、ロジーナはその上にハンカチを落とす）

BARTOLO バルトロ	Ferma, ferma!... 動くな、じっとしていろ！…
CONTE 伯爵	Che cos'è?... ah!... 何だな？… ああ！…

---

(154) Spart. では、ここからの3行は次のように書き直されているが、意味はほとんど同じである。
 Ben!... battaglia le vo' dar.
 Bella cosa! e una battaglia
 Ve la voglio qui mostrar.

　　　　　　　　(rivolgendosi, e fingendo accorgersi della lettera, quale raccoglie)
　　　　　　　　（振り返って、手紙に気づいたふりをしながら、それを拾う）

BARTOLO　*(avvedendosene)*
バルトロ
　　　　　　　　　　　　　Vo' vedere.
　　　　　　　　（手紙に気づき）
　　　　　　　　　　　　わしが見たいのだが。

CONTE　Sì, se fosse una ricetta!...
伯爵　　　Ma un biglietto... è mio dovere...
　　　　　Mi dovete perdonar.

　　　　　よろしい、もし処方箋ならば！…
　　　　　だが、手紙ですな… 私の義務でござる…
　　　　　お許しを賜りたい。

　　　　　(fa una riverenza a Rosina, e le dà il biglietto, e il fazzoletto)
　　　　　（ロジーナに一礼して、彼女に手紙とハンカチを渡す）

ROSINA　Grazie, grazie.
ロジーナ
　　　　　　ありがとう、ありがとうございます。

BARTOLO　　　　　　　Grazie un corno!
バルトロ　　Vo' saper cotesto imbroglio.[155]

　　　　　　何がありがとうございますだ！
　　　　　　このペテンを解き明かしてみたいぞ。

CONTE　Qualche intrigo di fanciulla.
伯爵
　　　　　何か女の子らしい陰謀ですかな。

　　　　　(tirandolo a parte, e tenendolo a bada; intanto Rosina cambia la lettera)
　　　　　（バルトロを傍らに連れて行き見張る。その間にロジーナは手紙を〔別の紙片と〕替える）

ROSINA　(Ah cambiar potessi il foglio!...)
ロジーナ
　　　　　　（ああ、あの紙を替えられれば！…）

BARTOLO　Vo' veder...
バルトロ
　　　　　　見たいものだ…

ROSINA　　　　　　Ma non è nulla.
ロジーナ
　　　　　　なんでもありませんわ。

---

(155) Spart. では、この行を含め Qua quel foglio presto qua. までが省かれ、バルトロの言葉は Qua quel foglio, impertinente. に続く。しかし、このト書きを含めた省略によって、手紙と別の紙片が替えられた説明がなくなってしまうことになった。

BARTOLO バルトロ	Qua quel foglio presto qua.	

　　　こちらにその紙を、早く。

(escono da una parte Basilio, e dall'altra Berta)

（片側からバジリオが、反対側からベルタが出てくる）

BASILIO バジリオ	*(con carte in mano)* Ecco qua... oh cosa vedo![156]	

　　　（書類を手にして）
　　　ほらここです… おお、何が起こったのか！

BERTA ベルタ	Il Barbiere... uh quanta gente!...	

　　　例の床屋だ… おやまあ、なんて大勢の人だろう！…

BARTOLO バルトロ	*(a Rosina)* Qua quel foglio, impertinente. A chi dico? presto qua.	

　　　（ロジーナに）
　　　こちらにその紙を、礼儀知らずな娘だ。
　　　誰に言っていると思っているのだ？ 早くこっちに。

ROSINA ロジーナ	Ma quel foglio, che chiedete, Per azzardo m'è cascato. È la lista del bucato...	

　　　だけど、貴方がお求めになっているあの紙は、
　　　うっかり落としてしまったものですよ、
　　　あれは洗濯物のリストです…

BARTOLO バルトロ	Ah fraschetta! persto qua.	

　　　ああ、軽薄な娘だ！ 早くこっちに。

(lo strappa con violenza)

（強引にもぎ取る）

---

(156) Spart. では、このバジリオとベルタの言葉は下記のように書き直され、バルトロの Ah, freschetta! Presto qua. に続く。
　　Berta ベルタ：
　　Il barbiere... quanta gente!　　　　　　　例の床屋だ… なんて大勢の人だろう！
　　Basilio バジリオ：
　　(con carte in mano)　　　　　　　　　　　（書類を手にし）
　　Sol, sol... ma che imbroglio è questo qua!　や、や… これはなにか奸計が隠されているぞ！

Ah che vedo! ho preso abbaglio!...
È la lista! son di stucco!
Ah son proprio un mammalucco,
Ah che gran bestialità.

ああ、これはなんだ！ 見間違えたのだ…
〔洗濯物の〕リストではないか！ 驚いた！
ああ、わしはまさに阿呆者だ、
ああ、なんという馬鹿げたことだ。

ROSINA e CONTE
ロジーナと伯爵

Bravo, bravo il mammalucco
Che nel sacco entrato è già.

お見事、お見事、阿呆者め
もう罠にかかってしまったから。

BASILIO e BERTA
バジリオとベルタ

Non capisco, son di stucco,
Qualche imbroglio qui ci sta.

何が何だか分からない、ただ仰天するばかり、
でも、ここには何かからくりがある。

ROSINA
ロジーナ

(piangendo)
Ecco qua!... sempre un'istoria,
Sempre oppressa, e maltrattata;
Ah che vita disperata!
Non la so più sopportar.

（泣きながら）
ほらこのとおり！… いつも問題があるのです、
〔私は〕いつも抑えつけられ、虐待され、
ああ、なんという絶望的な生活でしょう！
もうこれ以上耐えられません。

BARTOLO
バルトロ

(avvicinandosele)
Ah Rosina... poverina...

（彼女に近づきながら）
ああ、ロジーナ… かわいそうに…

CONTE
伯爵

(minacciandolo, e afferrandolo per un braccio)
Vien qua tu, cosa le hai fatto?

（彼を脅し、彼の腕を捕まえながら）
こっちにこい、お前は、彼女に何をしたのだ？

BARTOLO
バルトロ

Ah fermate... niente affatto...

ああ、止めなさい… 何もしていません…

CONTE 伯爵	Ah canaglia, traditore... *(cavando la sciabola)*	

ああ、悪党め、裏切り者め…
（サーベルを抜く）

TUTTI 一同	*(trattenendolo)* Via fermatevi, signore.	

（彼を引き止めながら）
さあ、お止めください、貴方。

CONTE 伯爵	Io ti voglio subissar.	

俺はお前を地の底に叩き込んでやりたい。

(157) TUTTI 一同	*(eccetto il Conte e Rosina)* Gente aiuto, soccorretemi. 　　　　　　 soccorretelo.	

（伯爵とロジーナを除いて）
誰か、助けて、　わしを助けてくれ
　　　　　　　　彼を助けてください

ROSINA ロジーナ	Ma chetatevi...	

まあ、気を落ち着かせてくださいませ…

CONTE 伯爵	Lasciatemi.	

私をほっておいてください。

TUTTI 一同	*(come sopra)* Gente aiuto per pietà.	

（前と同じ）
誰か、お願いです、助けてくれ。

Scena Quindicesima　第15場

Figaro entrando con bacile sotto il braccio, e detti.
フィガロが床屋用の洗面器を小脇に入ってくる、それと前述の人たち。

FIGARO フィガロ	Alto là.	

そこまでで、止めえ。

---

(157) Spart. では、ロジーナも歌うようになっている。

Che cosa accade
　Signori miei?
　Che chiasso è questo
　Eterni Dei!

何が起こったのです？
　皆さん。
　何ですか、この騒ぎは
　いったいぜんたい！

Già sulla piazza[158]
　A questo strepito
　S'è radunata
　Mezza Città.

もう、広場には
　この大騒ぎで
　集まっていますよ
　町の半数の人たちが。

(piano al Conte)
(Signor prudenza[159]
　Per carità.)

（そっと伯爵に）
(殿、慎重に
　お願いですから。)

BARTOLO バルトロ	*(additando il Conte)* Questi è un birbante... （伯爵を指さし） 　こいつは悪党で…
CONTE 伯爵	Questi è un briccone... 　こいつがならず者で…
BARTOLO バルトロ	Ah disgraziato!... 　この悪者めが！…
CONTE 伯爵	*(minacciandolo con la sciabola)* Ah maledetto!... （サーベルで脅しながら） 　ああ、畜生め！…

---

(158) Spart. では、piazza が strada「道」に書き直されている。
(159) Spart. では、prudenza「慎重に」が giudizio「思慮分別を持って」に書き直されている。

FIGARO フィガロ	*(alzando il bacile, e minacciando il Conte)* Signor Soldato 　Porti rispetto, 　O questo fusto 　Corpo del diavolo 　Or le creanze 　Le insegnerà.	

（洗面器を差し上げ伯爵を脅す）

　兵隊さんよ
　　礼儀を知らなくちゃあなんねえな、
　　さもねえと、この鉢が
　　畜生め
　　今、行儀作法を
　　あんたに教えることになりますぜ。

CONTE 伯爵	*(a Bartolo)* Brutto scimmiotto...	

（バルトロに）
みっともない猿めが…

BARTOLO バルトロ	Birbo malnato...	

生まれそこないの悪党めが…

TUTTI 一同	*(a Bartolo)* Zitto, Dottore...	

（バルトロに）
黙って、ドクター…

BARTOLO バルトロ	Voglio gridare...	

わしは大声で叫びたい…

TUTTI 一同	*(al Conte)* Fermo, Signore...	

（伯爵に）
動きなさるな、貴方…

CONTE 伯爵	Voglio ammazzare...	

おれは殺してやりたい…

TUTTI 一同	Fate silenzio 　Per carità.⁽¹⁶⁰⁾

黙ってください
　お願いだから。

(si ode bussare con violenza alla porta di strada)

（道路に面した扉を激しく叩く音が聞こえる）

Zitti, che battono...
　Che mai sarà?

静かにして、〔扉を〕叩いている…
いったい何だろう？

BARTOLO バルトロ	Chi è?

誰だろう？

CORO 合唱	*(di dentro)* 　　La forza! Aprite qua.

（中から）
　　警ら隊だ！
ここを開けろ！

TUTTI 一同	*(Figaro al Conte, Rosina al Barbiere)* La forza!... oh diavolo!... ⁽¹⁶¹⁾L'avete fatta!

（フィガロは伯爵に、ロジーナは床屋に）
警ら隊だ！… おお、どうしよう！…
大変なことをしてくれたものだ！

CONTE e BARTOLO 伯爵とバルトロ	Niente paura... 　Venga pur qua.

何も怖がることはない…
　どうぞこちらにお出でください。

TUTTI 一同	(Quest' avventura 　Ah come diavolo 　Mai finirà.)

（この事件は
　ああ、いったいどうやって
　終わるのだろう？）

---

(160) Spart. では、このあと、伯爵の次の言葉が付け加えられている。
　　No, voglio ucciderlo　　いやだ、おれはあいつを殺してやる
　　non v'è pietà!　　　　　慈悲を与える余地などなしだ
(161) Spart. では、L'avete fatta! は全員ではなくフィガロとバジリオだけが歌うようになっている。

第 1 幕　　　　　　　　　　　　　　　　　　　　　　　　　95

Scena Ultima　最終場

Un Uffiziale con Soldati, e detti.
兵隊たちを連れた一人の士官、それから前述の人々。

UFFIZIALE[(162)]
士官
Fermi tutti. Niun si muova.
　Miei signori, che si fa?
Questo chiasso donde è nato?
　La cagione presto qua.

　全員止めるのだ、誰も動くな。
　皆の者、何をしておる？
　この騒動は何で起こったのだ？
　理由を早く述べろ。

CONTE
伯爵
La cagione...[(163)]
その理由は…

BARTOLO
バルトロ
　　　Non è vero.
　　　嘘だ。

CONTE
伯爵
Sì signore...
本当です、貴方…

(162) libretto では士官だけが歌うようになっているが、Spart. では兵士たちのコーラスが唱和するように直されている。
(163) libretto のこの伯爵の句から終わりの士官の言葉までの21行は、Spart. では次のように大幅に変えられている。

　Bartolo バルトロ：
　Questa bestia di soldato,　　　　　　　この兵隊の畜生めが
　Mio signor, m'ha maltrattato.　　　　　私をひどい目に遭わしたのです。
　Figaro フィガロ：
　Io qua venni, mio signore,　　　　　　あっしはここに参りやした
　Questo chiasso ad acquetar.　　　　　 この騒ぎを鎮めるために。
　Basilio e Berta バジリオとベルタ：
　Fa un inferno di rumor　　　　　　　　地獄のような騒ぎで
　Parla sempre d'ammazzar.　　　　　　　殺す殺すと言い続けておりました。
　Conte 伯爵：
　In alloggio quel briccone　　　　　　　あの悪党が、私を泊めるのを
　Non mi volle qui accettar.　　　　　　　嫌だと申したのだ。
　Rosina ロジーナ：
　Perdonate, poverino,　　　　　　　　　お許しください、気の毒に
　Tutto effetto fu del vino.　　　　　　　すべてお酒の結果です。
　Tutti 一同：
　Si'signor, si' signor.　　　　　　　　　さようでございます。
　Uffiziale 士官：
　Ho inteso, ho inteso. (al Conte)　　　　分かった。(伯爵に)
　Galantuom, siete in arresto.　　　　　 貴公は逮捕じゃ。
　(i soldati si muovono per circondare il Conte)　(兵士たちは伯爵を取り囲みに動く)
　Fuori preto, via qua.　　　　　　　　　速やかに、ここを立ち退け。

BARTOLO バルトロ	Signor no. 違います、貴方。
CONTE 伯爵	È un birbante... 奴は悪党だ…
BARTOLO バルトロ	È un impostore. 奴はペテン師だ。
UFFIZIALE 士官	Un per volta. 一人ずつ〔言え〕。
BARTOLO バルトロ	Io parlerò. Questo soldato 　M'ha maltrattato... 私が申し上げます。 この兵隊が 　私をひどい目に遭わせたのです…
ROSINA ロジーナ	Il poverino 　Cotto è dal vino... 気の毒に、この人は 　お酒にすっかり酔っているのです…
BERTA ベルタ	Cava la sciabola... サーベルを抜きました…
BASILIO バジリオ	Parla d'uccidere... 殺すと言いました…
FIGARO フィガロ	Io son venuto 　Qui per dividere... あっしはここに 　仲裁に参りました…

UFFIZIALE
士官
	Fate silenzio
	  Che intesi già.
	(al Conte)
	Siete in arresto,
	  Fuori di qua.

みな黙っていろ
　　もう私は分かったから。
〈伯爵に〉
貴公は逮捕じゃ、
　　ここから出たまえ。

(i Soldati si muovono per circondarlo)

〈兵士たちは彼を囲むために動く〉

CONTE 伯爵	Io in arresto?[164] Io?... fermi, olà.

わしを逮捕だと？
　　わしを？… おい、動くな。

(con gesto autorevole trattiene i Soldati, che si arrestano. Egli chiama a sè l'Uffiziale, gli dà a leggere un foglio; l'Uffiziale resta sorpreso, vuol fargli un inchino, il Conte lo trattiene. L'Uffiziale fa cenno ai Soldati che si ritirino indietro, e anch'egli fa lo stesso. Quadro di stupore)

〈威圧するような身振りで兵士たちをとどめ、兵士たちも立ち止まる。彼は士官を呼び寄せ、一枚の紙を読むように渡す。士官は驚愕して立ちすくみ、彼に一礼しようとするが伯爵は押しとどめる。士官は兵士たちに引き下がるように合図をし、自分も同じようにする。舞台の上は一同呆然自失のまま〉

BARTOLO, ROSINA,
BASILIO, BERTA
バルトロ、ロジーナ、
バジリオとベルタ
	Freddo ed immobile
	Fredda
	  Come una statua
	Fiato non restami
	  Da respirar.

背筋が冷たく動けない
　　まるで立像のようだ
私は息も切れてしまった
　　呼吸するための。

---

(164) Spart. では、主語の Io がない。

CONTE 伯爵	Freddo ed immobile 　Come una statua 　Fiato non restagli 　Da respirar.	

　　背筋が冷たく動けない
　　　まるで立像のようだ
　　　彼は息も切れてしまった
　　　呼吸するための。

FIGARO フィガロ	*(ridendo)* Guarda Don Bartolo! 　Sembra una statua! 　Ah ah dal ridere 　Sto per crepar.	

　　（笑いながら）
　　ドン・バルトロを見てご覧よ！
　　　まるで立像だ！
　　　あっはっは、笑いすぎて
　　　死にそうだ。

〈Stretta del Finale I　第1幕フィナーレのストレッタ〉

BARTOLO バルトロ	*(all'Ufiziale)* Ma signor...	

　　（士官に）
　　だが、貴方…

CORO 合唱		Zitto tu!

　　　　　　黙っていろ、お前は！

BARTOLO バルトロ	Ma un Dottor...	

　　だが、ドクターが…

CORO 合唱		Oh non più!

　　　　　おお、もう二度と口をきくな！

BARTOLO バルトロ	Ma se lei...	

　　だが、もし貴方が…

CORO 合唱		Non parlar.

　　　　　　もう口をきくな。

BARTOLO バルトロ		Ma vorrei...
		だが、わしは…
CORO 合唱		Non gridar.
		大声を出すな。
a 3 3人で	Ma se noi...	
	だが、もし私たちが…	
CORO 合唱		Zitti voi.
		お前たち、黙っていろ。
a 3 3人で	Ma se poi...⁽¹⁶⁵⁾	
	だが、もしそれから…	
CORO 合唱		Pensiam noi. Vada ognun pe' fatti suoi, Si finisca d'altercar.
		私たちが考えますよ。 めいめい自分のことのためにお行きください 喧嘩は終わりにしましょう。
TUTTI 一同	Mi par d'esser con la testa 　In un'orrida fucina 　Dove cresce e mai non resta 　Delle incudini sonore 　L'importuno strepitar.	
	私には恐ろしい鍛冶屋の店に 　頭を突っ込んでいるような気がする 　そこでは、増すことはあっても止むことはない 　耳をつんざくような鉄床の 　煩い騒々しい音が。	

Alternando questo e quello
　Pesantissimo martello
　Fa con barbara armonia
　Muri e volte rimbombar.

　　代わりばんこに、こっちの非常に重い釜槌と
　　　あっちの金槌が
　　　野蛮な調和をとって
　　　周囲の壁と天井に響き渡る。

---

(165) このあと、ロジーナ、伯爵、フィガロ、ベルタ、バジリオは互いに Zitto su, zitto giù「さあ、黙って、黙って」を歌い合い、バルトロだけは Ma sentite, ascoltate「皆さん、私の言うことを聞いてください、耳を傾けてください」を繰り返し続ける。

> E il cervello poverello
> Già stordito sbalordito
> Non ragiona, si confonde,
> Si riduce ad impazzar.

かわいそうな脳みそは
　すでに呆然とし、びっくりして
　考えることもできず、混乱し、
　最後には気が狂ってしまうだろう。

第2幕
ATTO SECONDO

ATTO SECONDO
第2幕

Scena Prima 第1場

***Camera in casa di Bartolo con sedia,
ed un pianoforte con varie carte di musica.***
バルトロの家の部屋、椅子といろいろな楽譜の載ったピアノ。

⟨Recitativo レチタティーヴォ⟩

Bartolo solo.
バルトロただ一人。

BARTOLO
バルトロ

Ma vedi il mio destino! quel Soldato
Per quanto abbia cercato
Niun lo conosce in tutto il Reggimento.

だが、見るがよい、私の運命を！ あの兵士は
いくら探しても
連隊中誰も彼を知らないのだ。

Io dubito... eh cospetto!...
Che dubitar? scommetto
Che dal Conte Almaviva
È stato qua spedito quel Signore
Ad esplorare di Rosina il core.

わしは疑っている… えーい、いまいましい！…
何を疑うって？ わしは賭けてもよい
アルマヴィーヴァ伯爵から
あの男はここに送られたのだ
ロジーナの心を探るために。

Nemmeno in casa propria
Sicuri si può star!... ma io...

自分の家の中も
安心していられないとは！… だが、わしは…

(battono)

（ドアを叩く音がする）

Chi batte?
Ehi, chi è di là?... battono, non sentite?

誰が叩くのだ？　　　　「か？
おい、そこにいるのは誰だ？… 叩いておる、聞こえないの

(verso le quinte)
（幕の方に向かって）

In casa io son; non v'è timore, aprite.

家にわしはおる、怖がることはない、開けてやれ。

Scena Seconda　第2場

Il Conte travestito da Maestro di Musica, e detto
音楽の教師に扮装した伯爵と前述の人物。

〈Duetto 二重唱〉

CONTE 伯爵	Pace e gioia in ciel vi dia.[1] 　天の平和と喜びが貴方とともに〔ありますように〕。
BARTOLO バルトロ	Mille grazie, non s'incomodi. 　本当にありがとうございます、ご無理をなさいませんように。
CONTE 伯爵	Gioia e pace per mill'anni. 　喜びと平和が千年も〔続きますように〕。
BARTOLO バルトロ	Obligato in verità. 　本当に感謝していますぞ。
	Questo volto non m'è ignoto 　Non ravviso... non ricordo... 　Ma quel volto... ma quell'abito[2] 　Non capisco... chi sarà? 　この顔は私にとって知らないものではないぞ 　　誰だか分からない… 思い出せない… 　　だがあの顔は… だがあの服装は… 　　分からぬ… 誰だろう？

(1) Spart. では、Pace e gioia sia con voi. だが意味はほとんど同じ。
(2) Spart. では、quell'abito ではなく、ma quel volto「だが、あの顔は」が二度繰り返される。

CONTE 伯爵	Ah se un colpo è andato a vuoto A gabbar questo balordo (3) La mia nuova metamorfosi Più propizia a me sarà.	

ああ、一発が空玉に終わっても
あの阿呆をだますのに、
この私の新しい変身は
私にはもっとうまくいくだろう。

Gioia e pace, pace e gioia.

喜びと平和が、平和と喜びが。

BARTOLO バルトロ	Ho capito. (Oh ciel! che noia!)

分かりましたよ。(おお、なんと煩わしいのだろう！)

CONTE 伯爵	Gioia e pace, ben di cuore.

喜びと平和を、本当に心から〔お祈りします〕。

BARTOLO バルトロ	Basta basta per pietà.

もう十分だ、たくさんだ、お願いだから。

Ma che perfido destino!
Ma che barbara giornata!
Tutti quanti a me davanti!
Che crudel fatalità.

だが、なんとついていない運命なのだろう！
なんと酷い一日だ！
皆が寄ってたかってわしの前に〔現れる〕！
なんと残酷な運命だ。

CONTE 伯爵	Il vecchion non mi conosce: Oh mia sorte fortunata! Ah mio ben fra pochi istanti Parlerem con libertà.

この爺は私が分からないのだ。
おお、なんたる幸運か！
ああ、愛する人よ、もうじき
私たちは自由に話せるのですよ。

---

(3) Spart. では、この2行は次のように書き直されている。
 Un novel travestimento 新しい変装は
 Più propizio a me sarà. 私にはもっとうまくいくだろう。
 Sì, sì, propizio a me sarà. そう、もっとうまくいくさ。

〈Recitativo レチタティーヴォ〉

BARTOLO / バルトロ
Insomma, mio Signore,
Chi è lei, si può sapere?

要するに、貴方、
貴方がどなたか教えていただけませんかな？

CONTE / 伯爵
Don Alonso
Professore di musica, ed allievo
Di Don Basilio.

ドン・アロンソです
音楽の教授で、弟子ですよ
ドン・バジリオの。

BARTOLO / バルトロ
Ebbene?

と言うと？

CONTE / 伯爵
Don Basilio
Sta male il poverino, ed in sua vece...

ドン・バジリオは
具合が悪いのです、気の毒に、それで彼の代わりに…

BARTOLO / バルトロ
Sta mal?... corro a vederlo.
(in atto di partire)

具合が悪い？… お見舞いに一走りしてこよう。
（出かける身振りをする）

CONTE / 伯爵
Piano, piano,
Non è un mal così grave.

落ち着いて、落ち着いて
そんなに重い病気ではありませんよ。

BARTOLO / バルトロ
(Di costui non mi fido.) Andiamo, andiamo.
(risoluto)

（わしはこいつを信用できぬ。）行くとしよう。行ってこよう。
（決心して）

CONTE / 伯爵
Ma Signore...

だが、貴方…

BARTOLO / バルトロ
(brusco)
Che c'è?

（そっけなく）
何だね？

CONTE 伯爵	*(tirandolo a parte e sotto voce)* Voleva dirvi...	

(彼を傍らに引き寄せ、低い声で)
実は、つまり…

BARTOLO バルトロ	Parlate forte.	

大きな声で話しなさい。

CONTE 伯爵	*(sotto voce)* Ma...	

(低い声で)
だが…

BARTOLO バルトロ	*(sdegnato)* Forte vi dico.	

(怒って)
大きな声でと言ったでしょうが。

CONTE 伯爵	*(sdegnato anch'esso, e alzando la voce)* Ebben, come volete, Ma chi sia Don Alonso apprenderete. Vo[4] dal Conte Almaviva... *(in atto di partire)*	

(彼もまた怒って、声を荒くして)
よろしい、お好きなように、
だが、ドン・アロンソとは誰であるかお分かりになられましょう。
私はアルマヴィーヴァ伯爵のところに行って参ります…
(出かけようとする)

BARTOLO バルトロ	*(trattenendolo, e con dolcezza)* 　　　　　　　　　　　Piano piano. Dite, dite, v'ascolto.	

(彼を引き止めながら、優しく)
お静かに、お静かに。
おっしゃって、おっしゃってください、お聞きいたしますから。

CONTE 伯爵	*(a voce alta e sdegnato)* Il Conte...	

(大きな声で、怒って)
伯爵は…

BARTOLO バルトロ	Pian per carità.	

お静かに、お願いです。

---

[4] Spart. では、Vo' になっているが、Vo' は Voglio の省略形であるため、ここでは前後の文脈からして Vo（＝vado）の方が正しい。

第2幕

CONTE
伯爵

(calmandosi)

        Stamane
Nella stessa Locanda
Era meco d'alloggio, ed in mie mani
Per caso capitò questo biglietto

（落ち着きを取り戻しながら）

       今朝のこと
同じ宿屋に
私と宿泊されておりましたが、私の手に
偶然ながらこの手紙が入ったのでございますよ

(mostrando un biglietto)
（一枚の手紙を見せながら）

Dalla vostra pupilla a lui diretto.
貴方の被後見人から彼に宛てたものが。

BARTOLO
バルトロ

(prendendo il biglietto, e guardandolo)
Che vedo!... è sua scrittura!...

（手紙を受け取って、見ながら）
これはなんと！… 彼女の筆跡じゃ！…

CONTE
伯爵

Don Basilio occupato col Curiale[5]
Nulla sa di quel foglio; ed io per lui
Venendo a dar lezione alla ragazza
Volea[6] farmene un merito con voi...
Perché... con quel biglietto...

ドン・バジリオは公証人と用事があったので
この手紙については何も知りません。それで、私が彼に代わって
娘御のレッスンに参り
貴方のお褒めをいただける手柄をたてて進ぜようと思ったわけです…
と申しますのは… あの手紙で…

(mendicando un ripiego con qualche imbarazzo)
（いささか困った様子で、なにかうまい方策を探しながら）

       Si potrebbe...
       できますでしょう…

BARTOLO
バルトロ

Che cosa?...
何がじゃな？…

---

(5) occupato col Curiale「公証人と忙しくて」は作曲されていない。Don Basilio nulla sa di quel foglio「ドン・バジリオはあの手紙についてはなにも知らないのです」と続く。だが、この occupato col Curiale の省略によって、後で筋の運びに明確さを欠くことになる。

(6) Spart. では、Volea が Voleva になっているが違いはなく、これは volere の単数・半過去の一人称で volevo と同じであることに注意。だから、次の farmene un merito con voi とで、「私はあなたに一つお褒めをいただきたく存じまして」の意味になる。

CONTE
伯爵

　　　　　　Vi dirò...
S'io potessi parlare alla Ragazza
Io creder... verbigrazia...[7] le farei...
Che me lo die' del Conte un'altra amante,
Prova significante
Che il Conte di Rosina si fa gioco,
E perciò...

　　　　　　申し上げましょう…
　もし私が娘御とお話ができますれば
　私が… 例えばでございますが… 信じ込ませてみましょう…
　伯爵のほかの恋人が私にそれを預けたようにと、
　意味深長な証拠〔になるのでございますよ〕
　伯爵がロジーナを弄んでいるという、
　ですから…

BARTOLO
バルトロ

　　　　　Piano un poco. Una calunnia!
[8]Siete un vero scolar di Don Basilio!

　　　　　少し、落ち着いて。これは中傷ですな！
　貴方はドン・バジリオの正真正銘のお弟子だわい！

(lo abbraccia, e mette in tasca il biglietto)

（彼を抱擁し、ポケットの中に手紙をしまう）

Io saprò come merita
Ricompensar sì bel suggerimento.
Vo a chiamar la ragazza.
Poiché tanto per me v'interessate,
Mi raccomando a voi.

　わしは知っておりますぞ、いかに相応しいかを
　このような素晴らしいご示唆には御礼を差し上げるのが。
　娘を呼びに参ります。
　貴方はわしのことを大変心にお掛けくださっておられるので、
　よろしくお願いいたします。

(entra nelle camere di Rosina)

（ロジーナの部屋に入る）

---

(7) verbigrazia は、文語の副詞で「例えば」の意味。
(8) Spart. では、この1行は次のように書き直されている。
　Oh bravo! degno e vero scolar di Don Basilio　おお、でかしたぞ！　ドン・バジリオに相応しい正真正銘の弟子である。

CONTE 伯爵		Non dubitate. L'affare del biglietto Dalla bocca m'è uscito non volendo. Ma come far? senza d'un tal ripiego Mi toccava andar via come un bagiano.

　　　　　　　　　　　お疑いくださるな。
手紙の件は
思わず知らず口から出てしまった。
さて、いかにすべきだろう？　ああいう方策がなかったら、
わしは阿呆のように退散せざるを得なかったからな。

Il mio disegno a lei
Ora paleserò; s'ella acconsente
Io son felice appieno.
Eccola. Ah il cor sento balzarmi in seno.

わしの計画を、彼女に
いま、打ち明けよう。もし、彼女が同意すれば
わしは幸福の絶頂だ。
あ、彼女だ。ああ、心臓が胸の中で飛び上がるのを感じる。

Scena Terza　第3場

Bartolo conducendo Rosina, e detto.
バルトロがロジーナをつれてくる、それと上述の人物。

BARTOLO バルトロ	Venite, Signorina. Don Alonso, Che qui vedete, or vi darà lezione.	

　　嬢や、お出で。ドン・アロンソじゃ、　　　　　さる。
　　ここにおられるお方は。いま、あんたにレッスンをしてくだ

ROSINA ロジーナ	*(vedendo il Conte)* Ah!...	

〈伯爵を見て〉
あっ！…

BARTOLO バルトロ	Cos'è stato?...	

　　　　どうしたのじゃ？…

ROSINA ロジーナ	È un granchio[9] al piede.	

　　　　脚がつったのです。

---

(9) granchio は普通「カニ」の意味だが、ここでは「痙攣」「引きつり」の意味。

CONTE 伯爵	Oh nulla! Sedete a me vicin bella fanciulla. Se non vi spiace un poco di lezione Di Don Basilio in vece vi darò.	

ああ、なんでも
ありませんよ！

私のそばにお座りなさい、美しいお嬢さん。
よろしかったら、少しレッスンをして差し上げましょう
ドン・バジリオの代わりに。

ROSINA
ロジーナ
Oh con mio gran piacer la prenderò.

おお、大変喜んでお受けいたします。

CONTE
伯爵
Che vuol cantare?...

何をお歌いになられる？

ROSINA
ロジーナ
Io canto, se le aggrada,
Il rondò dell'*inutil precauzione*.

私は、もしよろしければ
「無駄な用心」のロンドを歌います。

BARTOLO
バルトロ
(10) E sempre, sempre in bocca
L'inutil precauzione.

いつもじゃ、いつもじゃ、口にするのは
「無駄な用心」じゃ。

ROSINA
ロジーナ
Io ve l'ho detto,
È il titolo dell'opera novella.

もう、申し上げましたわね、
新しいオペラの題ですわ。

(cercando varie carte sul pianoforte)

（ピアノの上のいろいろな譜面を探しながら）

BARTOLO
バルトロ
Or bene; intesi; andiamo.(11)

よろしい、分かった、始めよう。

ROSINA
ロジーナ
Eccolo qua.

ここにありました。

---

(10) Spart. では、E sempre が Eh, sempre に書き直されている。また、この行からロジーナの Eccolo qua. まで省略されることもある。
(11) この andiamo は、「さあ、始めよう」の意味。

第 2 幕

CONTE / 伯爵
Da brava; incominciamo.

いいですか、それでは始めましょう。

(siede al pianoforte, e Rosina canta accompagnata dal Conte. Bartolo siede e ascolta.)

(ピアノに向かい座る。ロジーナは伯爵の伴奏で歌い、バルトロは座って聞いている。)

〈Aria アリア〉

ROSINA / ロジーナ
Contro un cor che accende amore
　Di verace invitto ardore
　S'arma invan poter tiranno
Di rigor, di crudeltà.

愛が真実の敗れることのない情熱をもって
　燃え上がらせた心にたいしては
　よこしまな権力は、厳しさと残忍さで
武装しても無駄です。

D'ogni assalto vincitore
　Sempre amor trionferà.

愛は、あらゆる攻撃の勝利者として
常に勝利を手にするでしょう。

(Bartolo s'addormenta)

(バルトロは眠ってしまう)

(Ah Lindoro... mio tesoro...
　Se sapessi... se vedessi...
　Questo cane di Tutore
Ah che rabbia che mi fa.

(ああ、リンドーロ… 私の大切な人よ…
　もし、貴方がご存じになったら… もし貴方がご覧になったら…
　この下等極まる後見人が
ああ、どんなに私をイライラさせているかを。

Caro a te mi raccomando
　Tu mi salva per pietà.)

愛する人よ、お願いです
　お願いですから私を救ってください。)

CONTE / 伯爵
(Non temer, ti rassicura,
　Sorte amica a noi sarà.)

(恐れなさるな、心配なさるな
　運命は我らが友であるのだから。)

ROSINA ロジーナ	Dunque spero?...
	それでは、私は希望を持っても？…

CONTE 伯爵	A me t'affida.
	私を信頼しなさい。

ROSINA ロジーナ	Il mio cor...
	私の心は…

CONTE 伯爵	Giubbilerà.
	喜びで満たされるでしょう。

(Bartolo si va risvegliando)
(バルトロが目覚めてくる)

ROSINA ロジーナ	Cara immagine ridente 　Dolce idea d'un lieto amore 　Tu m'accendi in petto il core 　Tu mi porti a delirar.
	微笑む愛しい面影よ 　楽しい恋の甘美な思いよ 　お前は私の胸の中で心を燃え上がらせ 　お前は私を狂おしくさせる。

〈Recitativo レチタティーヴォ〉

CONTE 伯爵	Bella voce! bravissima.
	美しい声です！ 非常にお上手です。

ROSINA ロジーナ	Oh! mille grazie...
	おお！ ありがとうございます…

BARTOLO
バルトロ

Certo: bella voce:
Ma quest'aria cospetto è assai noiosa.
La musica ai miei tempi era altra cosa.
Ah! quando per esempio
Cantava Cafariello[(12)]
Quell'aria portentosa... la, ra, là.

　　本当じゃ、美しい声じゃ、
　だがこのアリアは、なんともはや、非常に退屈じゃ。
　わしの時代には音楽とは別のものじゃった。
　ああ！　例えば
　カファリエッロが歌ったときなどは
　あの驚嘆すべきアリアを… ラ、ラ、ラ。

(provandosi a rintracciare il motivo)
（モチーフを思い出そうとしながら）

Sentite, Don Alonso, eccola qua.

　お聞きください、ドン・アロンソ殿、こうですよ。

〈Arietta　アリエッタ〉

Quando mi sei vicina
　Amabile Rosina...
(interrompendo)

　お前が私のそばにいると
　　かわいいロジーナ…

（中断して）

L'aria dicea Giannina,
　Ma io dico Rosina.
(con vezzo verso Rosina)

　アリアではジャンニーナですが、
　　わしはロジーナにいたします。

（ロジーナの方に優しい身振りで）

Quando mi sei vicina
　Amabile Rosina,

　お前が私のそばにいると
　　かわいいロジーナ、

---

(12) Cafariello とは、1726年から1766年にかけてヨーロッパ中で活躍し、イタリアでは特にナポリで名声を博したカストラート歌手のガエターノ・マヨラーノの別名。Caffarelli とも呼ばれた。同じ Cafariello の別称を持つ人物には、オペラ作曲家のパスクァーレ・カファロ (1708-1787) もいる。

Il cor mi balla⁽¹³⁾ in petto,
　Mi balla il minuetto...

私の心は胸の中で踊る、
　メヌエットを踊る…

(accompagnandosi col ballo durante questa canzonetta entra Figaro col bacile sotto il braccio e si pone dietro Bartolo imitandone il ballo con caricatura. Rosina ride)

(この小歌のあいだ踊りで調子を取っていると、フィガロが洗面器を小脇に入ってきて、バルトロの後ろに立っておどけた調子で彼の踊りを真似る。ロジーナは笑う)

〈Recitativo レチタティーヴォ〉

BARTOLO
バルトロ
(avvedendosi di Figaro)
Bravo, Signor Barbiere,
Ma bravo.

(フィガロに気がついて)
うまいぞ、床屋殿、
いや、うまい。

FIGARO
フィガロ
　　　　Eh niente affatto,
Scusi, son debolezze.⁽¹⁴⁾

　　　　へー、まったくそんなことござんせんよ、
お許しください、下手の横好きでござんして。

BARTOLO
バルトロ
　　　　Ebben, guidone,⁽¹⁵⁾
Che vieni a fare?

　　　　さて、あやしげな隊長殿、
貴様はなにをしにやってきた？

FIGARO
フィガロ
　　　　⁽¹⁶⁾Oh bella
Vengo a farvi la barba, oggi vi tocca.

　　　　これはひどい
あっしは旦那のお髭を剃りに参りやした。今日は旦那の番でして。

BARTOLO
バルトロ
Oggi non voglio.⁽¹⁷⁾

今日は駄目じゃ。

---

(13) Spart. では、この次の句の balla との重複を避けて、brilla「(私の心は胸の中で) 輝く」と書き換えてある。
(14) debolezze とは、ここでは「(音楽を聴き踊りを見てすぐ真似をしようと思うのは) 私の弱点です」の意味。
(15) guidone は古語で「隊長」「指揮官」を意味するが、ここでは蔑んで「怪しげな隊長どの」のような意味。
(16) Spart. では、Oh bella の次に「！」がついている。
(17) Spart. では、Oggi? non voglio.「今日だと、わしは嫌だ」に書き直されている。

| FIGARO
フィガロ | Oggi non vuol? dimani Non potrò io. |

今日は駄目ですって？　明日は私が駄目でして。

| BARTOLO
バルトロ | Perché? |

なぜじゃ？

| FIGARO
フィガロ | Perché ho da fare. |

なぜって、あっしは所用で。

(lascia sul tavolino il bacile, e cava un libro di memoria)

（洗面器をサイドテーブルの上におき、メモ帳を取り出す）

A tutti gli Ufficiali
Del nuovo Reggimento, barba e testa...
Alla marchesa Andronia
Il biondo perucchin[18] coi maroné...
Al Contino Bombè[19]
Il ciuffo a campanile...
Purgante all'Avvocato Bernardone
Che ieri s'ammalò d'indigestione...
E poi... e poi... che serve,
Doman non posso.
(riponendo in tasca il libro)

全部の士官の
新しい連隊の、髭と頭…
アンドロニア侯爵夫人の
カールした付け毛のついた金髪の鬘…
ボンベ伯爵家の若殿の
鐘楼型の前髪…
ベルナルドーネ弁護士に下剤
弁護士さんは昨日消化不良を起こされまして…
それから…　それから…〔こんなこと〕何になるんだ。
明日は参れませんですぜ。
（メモ帳をポケットにしまう）

---

(18) perucchin の語は parrucca「かつら」から派生した言葉で「小さい鬘」。maroné とは、フランス語の marron から入った「(当時、流行した)縮れ毛を束ねた大きな付け毛」。
(19) Bombè は、苗字としての「ボンベ若伯爵」ではなくて、フランス語の「中央が高くなった、凸型の」の意味から、次の言葉で分かるように「鐘楼のように高くした前まげをした(若殿)」のような、一種の「髷高若伯爵」式の綽名と考えるべき。

BARTOLO
バルトロ

      Orsù, meno parole,
Oggi non vo' far la barba.

        えい、口が多すぎる
わしは今日は髭は剃りたくない。

FIGARO
フィガロ

        No?... cospetto!
Guardate che avventori!
Vengo stamane; in casa v'è l'inferno.
Ritorno dopo pranzo: "oggi non voglio":
(contraffacendolo)

      おいやですと？… 驚いた！
いいですか、客だらけですぜ！
あっしが今朝うかがったら、家は大変な騒ぎ、
昼食後にもう一度戻ったら、「今日はわしはいやじゃ」
（彼の真似をしながら）

Ma che mi avete preso
Per un qualche barbier da contadini?
Chiamate pure un altro, io me ne vado.

旦那はあっしをどこかの百姓用の床屋と
勘違いなさっておられるんじゃねえですか？　　　┌ます。
どうか、ほかのを御呼びください、あっしは行かせてもらい

(riprende il bacile in atto di partire)
（洗面器を取り上げ出て行こうとする）

BARTOLO
バルトロ

Che serve?... a modo suo.
Vedi che fantasia!
Va' in camera a pigliar la biancheria.[20]

〔文句を言ったって〕何になるんだ？…〔どうせ彼は〕自分の
        └やりたいように〔やるのだから〕
見ろ、なんという気まぐれだ！
寝室に行って布類をとってこい。

(si cava dalla cintola un mazzo di chiavi per darle a Figaro, indi le ritira)
（腰のベルトから鍵束を取りフィガロに渡そうとするが、引っ込める）

No vado io stesso.
(enrtra)

いや、わしが自分で行く。
（入る）

---

[20] biancheria とは、ここでは「（床屋が使う）白いリネン類」。

FIGARO フィガロ	Ah se mi dava in mani Il mazzo delle chiavi ero a cavallo.[21]

ああ、もし俺の手に
鍵束をよこしていれば、万事うまく行ったのに。

(a Rosina, marcato)
(ロジーナにはっきりとした口調で)

Dite; non è fra quelle
La chiave, che apre quella gelosia?

いいですか、あの中にありませんか
あの鎧戸を開ける鍵は?

ROSINA ロジーナ	Sì certo è la più nuova.

はい、もちろんです。一番新しいのがそうです。

(rientra Bartolo)
(バルトロが再び入ってくる)

BARTOLO バルトロ	(Oh son pur buono A lasciar qua quel diavol di barbiere!) Animo, va tu stesso. *(dando le chiavi a Figaro)*

(おお、わしは人が良すぎたわい、
ここにあの床屋めを残していくとは!)
さあ、お前が自分で行け。
(フィガロに鍵を渡しながら)

Passato il corridor, sopra l'armadio
Il tutto troverai.
Bada non toccar nulla.

廊下を越したらタンスの上に
すべては置いてある。
注意するのだぞ、何も触らないように。

FIGARO フィガロ	Eh non son matto. (Allegri.) Vado e torno. (Il colpo è fatto.) *(entra)*

あっしは気が違ったりはしておりませんや。
(お喜びください。)行ってすぐ戻ります。(万事はうまくいきましたぞ。)
(入る)

---

(21) ero a cavallo は、「馬に乗ったも同然だったのに」、つまり「万事うまく行ったのに」の意味。

BARTOLO バルトロ	*(al Conte)* È quel briccon che al Conte Ha portato il biglietto di Rosina.	

(伯爵に)
あの悪党ですよ、伯爵に
ロジーナの手紙を届けたのは。

CONTE 伯爵	Mi sembra un imbroglion di prima sfera.

私には第一級のペテン師のように思われます。

BARTOLO バルトロ	Eh a me non me la ficca...[22]

だが、このわしはペテンなどに掛からないぞ…

(si sente di dentro gran romore, come di vasellame che si spezza)

(中から皿類が割れるような大きな騒音が聞こえる)

Ah disgraziato me!

ああ、なんと不運なわしじゃわい！

ROSINA ロジーナ	Ah che romore.

まあ、なんて騒々しい音でしょう。

BARTOLO バルトロ	Oh che briccon! me lo diceva il core. *(entra)*

おお、なんていう奴だ！ こんな予感がしていたのだ。
(入る)

CONTE 伯爵	*(a Rosina)* Quel Figaro è un grand'uomo; or che siam soli Ditemi, o cara; il vostro al mio destino D'unir siete contenta? Franchezza!...

(ロジーナに)
あのフィガロはえらい男です。いま私たちは二人きりです。
おっしゃってください、かわいい人よ、貴女の運命と私の運命を
一つにすることを喜んでくださいますか？
率直に〔言ってください〕！…

ROSINA ロジーナ	*(con entusiasmo)* Ah mio Lindoro, Altro io non bramo...

(感激して)
ああ、私のリンドーロ、
ほかのことなど私は望みませんわ…

---

[22] ficcare の稀な用法で「騙す」の意味。ここでは「奴はわしをペテンにかけることはできまいぞ」の意味。

(si ricompone vedendo rientrare Bartolo e Figaro)
(バルトロとフィガロが入ってくるのを見て、身をとりつくろう)

CONTE
伯爵

Ebben?...

それで?…

BARTOLO
バルトロ

Tutto mi ha rotto:
Sei piatti, otto bicchieri, una terrina.

わしのものをみんな壊してしまいおったわい、
皿を六枚、コップを八個、小鉢が一個。

FIGARO
フィガロ

Vedete che gran cosa: ad una chiave

ご覧くださいよ、なんて幸運だったか。一本の鍵に

(mostrando di soppiatto al Conte la chiave della gelosia che avrà rubata dal mazzo)
(伯爵に鍵束から盗んだ鎧戸の鍵をそっと見せながら)

Se io non mi attaccava per fortuna,
Per quel maledettissimo
Corridor così oscuro
Spezzato mi sarei la testa al muro.
Tiene ogni stanza al buio, e poi... e poi...

もし、あっしが幸いにも摑まっていなかったら、
あのいまいましい
あんなに真っ暗な廊下で
あっしは危うく壁に頭を砕かれていたでしょうよ。
どの部屋も真っ暗にしておくんだから、それから… それから…

BARTOLO
バルトロ

Oh non più.

おお、それ以上は〔言うな〕。

FIGARO
フィガロ

(al Conte e Rosina)
Dunque andiam. (Giudizio.)

(伯爵とロジーナに)
それでは始めるとしましょう。(慎重にですよ。)

BARTOLO
バルトロ

A noi.

わしらの方も。

(si dispone per sedere e farsi radere, In questo entra Basilio)
(座ってひげを剃る用意をする。そのときバジリオが入ってくる)

Scena Quarta 第4場

Don Basilio, e detti.
ドン・バジリオと前述の人々、

〈Quintetto 五重唱〉

ROSINA ロジーナ	Don Basilio!... ドン・バジリオ!…
CONTE 伯爵	(Cosa veggo!) (なんということだ!)
FIGARO フィガロ	(Quale intoppo!...) (なんという邪魔者だ!…)
BARTOLO バルトロ	Come qua? なんでここへ?
BASILIO バジリオ	Servitor di tutti quanti.(23) 〔私は〕皆様方のしもべ。
BARTOLO バルトロ	(Che vuol dir tal novità?) (この新展開はどういうことなのじゃ?)
CONTE e FIGARO 伯爵とフィガロ	(Qui franchezza ci vorrà.) (ここではしらばくれることが必要だ。)
ROSINA ロジーナ	(Ah di noi che mai sarà...) (ああ、私たちはいったいどうなるのかしら…)
BARTOLO バルトロ	Don Basilio, come state? ドン・バジリオ、お体の方はいかがかな?
BASILIO バジリオ	*(stupito)* Come sto?... (驚いて) 私の具合が何ですと?…

---

(23) 現在では使用されない慎み深さを込めた挨拶の言葉。

FIGARO フィガロ	*(interrompendo)* 　　　　　　　Or che s'aspetta? Questa barba benedetta La facciamo? sì o no?	

(遮って)
　　　　　　今になって、何を待っているのですかい？
このご立派な髭を
どうしますんで？　剃るのか剃らないのか？

BARTOLO バルトロ	*(a Figaro)* Ora vengo. *(a Basilio)* 　　　　　Ehi il Curiale...	

(フィガロに)
いま参るから。
(バジリオに)
　　　　それで、公証人は？…

BASILIO バジリオ	*(stupito)* Il Curiale?...[24]	

(驚いて)
公証人ですと？…

CONTE 伯爵	*(interrompendolo)* 　　　　　　Io gli ho narrato Che già il tutto è combinato,	

(伯爵は彼の話の腰を折って)
　　　　私が彼にお話しておきましたよ
既に全部下ごしらえができましたと。

(a Bartolo)

(バルトロに)

Non è ver?...
本当でございましょう？…

BARTOLO バルトロ	Sì, tutto io so.	

　　　　そうじゃ、わしはすべてを知っておる。

BASILIO バジリオ	Ma, Don Bartolo, spiegatemi...	

だが、ドン・バルトロ、私にご説明ください…

---

[24] Il Curiale?... と驚くが、第2幕の註(5)で occupato col Curiale を省略したため筋が曖昧になると述べたが、まさにそれがここで起こっている。

CONTE 伯爵	*(interrompendo; a Bartolo)* Ehi, Dottore, una parola,

(話を遮り、バルトロに)

ああ、ドクター、一言だけ、

(a Basilio)

(バジリオに)

Don Basilio, son da voi.

ドン・バジリオ、私は貴方のそばにおりますよ。

(a Bartolo)

(バルトロに)

Ascoltate un poco qua.

ちょっとお耳を拝借。

(piano a Bartolo)

(そっとバルトロに)

(Fate un po' ch'ei vada via,
Ch'ei ci scopra ho gran timore:
Della lettera, signore,
Ei l'affare ancor non sa.)[25]

(ちょっと彼が立ち去るようになさってください、
私は彼に分かってしまうのではないか心配なのです。
手紙の件については、いいですか、
彼は何も知らないのですから。)

(a Basilio)

(バジリオに)

Colla febbre, Don Basilio,
Chi v'insegna a passeggiar?…

熱があるのに、ドン・バジリオ、
誰が貴方に散歩をするように言ったのです？…

(Figaro ascoltando con attenzione si prepara a secondare il Conte)

(フィガロは注意深く聞き、伯爵に調子を合わせる用意をする)

---

[25] Spart.では、ここまでの伯爵の言葉のあとに次のようなやりとりが入っている。
　Bartolo バルトロ：
　Dite bene, mio signore;　　　仰るとおりじゃ
　Or lo mando via di qua.　　　今、ここから追い払います。
　Rosina ロジーナ：
　Io sent il cor tremar!　　　　私は心が震えています。
　Figaro フィガロ：
　Non vi state a disturbar.　　　ご心配はご無用で。
　Basilio バジリオ：
　Ah, qui certo v'è un pasticcio;　ここには、確実に
　Non s'arriva a indovinar.　　　インチキがある、だが分からぬ。
このあと、再び伯爵のバジリオへの言葉Colla febbre... に続く。

BASILIO バジリオ	*(stupito)* Colla febbre?...	

(びっくりして)
熱があるのに〔ですと〕?…

CONTE 伯爵	E che vi pare?... Siete giallo come un morto.	

どんな気分です?…
死人のように黄色い顔をなさっておられる。

BASILIO バジリオ	*(stupito)* Come un morto?...[26]	

(びっくりして)
死人のように?…

FIGARO フィガロ	*(tastandogli il polso)* 　　　　　　Bagattella! Cospetton!... che tremarella!... Questa è febbre scarlattina![27]

(脈を取りながら)
　　　　　　馬鹿な!
これは驚いた!… なんという震えだ!…
これは猩紅熱ですぜ!

CONTE e FIGARO[28] 伯爵とフィガロ	Via prendete medicina,

さあ行って、薬をお飲みなさい、

(il Conte dà a Basilio una borsa di soppiatto)
(伯爵はそっと財布をバジリオに渡す)

Non vi state a rovinar.

体を壊しては駄目ですぞ。

FIGARO フィガロ	Presto presto andate a letto...

早く、早く帰って寝なさい…

CONTE 伯爵	Voi paura inver mi fate...

貴方は本当に心配をさせなさる…

---

(26) Spart. では、次のように書き直されている。
　Sono giallo come un morto?　私が死人のように黄色いだと?
(27) Spart. では、このフィガロの言葉のあとで、バジリオがもう一度次のように叫ぶ。
　Scarlattina!　猩紅熱だと!
(28) Spart. では、伯爵だけになっている。

BARTOLO e ROSINA バルトロとロジーナ	Dice bene, andate, andate...(30) ⁽²⁹⁾	
	そのとおりだ、行きなさい、行きなさい…	
TUTTI 一同	Presto andate a riposar.	
	早く行って休みなさい。	
BASILIO バジリオ	*(stupito)* (Una borsa!... andate a letto!... Ma che tutti sian d'accordo!...)	
	(びっくりして) (財布！… 早く行って寝ていろ！… みんなぐるになっているようだな！…)	
TUTTI 一同	Presto a letto...	
	早くベッドに…	
BASILIO バジリオ	Eh non son sordo, Non mi faccio più pregar.	
	いいですか、私の耳は達者ですぞ、 もう繰り返さなくて結構です。	
FIGARO フィガロ	Che color!...	
	なんて顔色なんだろう！…	
CONTE 伯爵	Che brutta cera!...	
	なんてひどい顔色だ！…	
BASILIO バジリオ	Brutta cera!...	
	ひどい顔色だ！…	
CONTE e FIGARO 伯爵とフィガロ	Oh brutta assai!...	
	非常に悪い！…	
BASILIO バジリオ	Dunque vado...	
	では、参りますよ…	

---

(29) Spart. では、ロジーナだけになっている。
(30) Spart. では次のようになっている。
    Dice bene, andate a letto...   仰るとおりよ、早く寝にいって…

TUTTI 一同	⁽³¹⁾Andate, andate. Buona sera, mio signore, Pace, sonno, e sanità. (Maledetto seccatore.) Presto andate via di qua.	

行きなさい、行きなさい。
おやすみなさい、貴方、
　平和で、よく寝て、健康で〔ありますように〕。
　（いまいましい邪魔者めが。）
　早くここから立ち退いてくれ。

BASILIO
バジリオ

Buona sera... ben di core...
　Obligato... in verità.
　(Ah che in sacco va il tutore.)

おやすみなさい… 心から…
　感謝しています… 本当に。
　（ああ、後見人殿は罠にはまってしまうな。）

Non gridate, intesi già.⁽³²⁾
(parte)

大きな声を出さないでください、もう分かっていますよ。
(出て行く)

FIGARO
フィガロ

Orsù, signor Don Bartolo.

さあ、ドン・バルトロさん。

BARTOLO
バルトロ

Son qua.

わしはここじゃ。

(Bartolo siede, e Figaro gli cinge al collo uno sciugatoio disponendosi a fargli la barba; durante l'operazione Figaro va coprendo i due amanti)

(バルトロは座る、フィガロは彼の首の回りにタオルをまわし、髭剃りの準備をする。そうしながら、フィガロは二人の恋人が見えないようにしてやる)

Stringi, bravissimo.

きつく締めてくれ、そうだよろしい。

CONTE
伯爵

Rosina, deh ascoltatemi.

ロジーナ、お願いだ、私の言うことを聞いてくれ。

---

(31) Spart. では、Vada, vada. になっているが意味は同じ。
(32) Spart. では、この1行が改められたほか、次に言葉が付け加えられている。
　　Non gridate, ho inteso già　　叫ばないで、分かりましたよ
　　Non gridate, per pietà,　　　叫ばないで、お願いですから
　　Poi doman si parlerà.　　　　それから、明日、話しましょう。

ROSINA ロジーナ		Vi ascolto, eccomi qua. 貴方のおっしゃることは聞いておりますわ、私はここにおります。

(siedono fingendo studiar musica)
(二人は音楽の勉強をするふりをして座る)

CONTE
伯爵
(a Rosina con cautela)
A mezza notte in punto
A prendervi qui siamo:
Or che la chiave abbiamo
Non v'è da dubitar.

(用心深くロジーナに)
真夜中ちょうどに
我々は貴女を連れにここに来る。
今や我々は鍵を手に入れているから
なんの懸念もない。

FIGARO
フィガロ
(distraendo Bartolo)
Ahi!... ahi!...

(フィガロはバルトロの気をそらして)
痛い！… 痛い！…

BARTOLO
バルトロ
　　　　　　　　Che cosa è stato?...
　　　　　　　　どうしたのじゃ？…

FIGARO
フィガロ
Un non so che nell'occhio!...
Guardate... non toccate...
Soffiate per pietà.

なんだか知らないが何かが目の中に！…
見てくださいまし… 触らないでくださいな…
お願いです、ふっと吹いてくださいまし。

ROSINA
ロジーナ
A mezza notte in punto
Anima mia t'aspetto.
Io già l'istante affretto
Che teco mi unirà.⁽³³⁾

真夜中ちょうどに
愛する貴方、貴方をお待ちいたします。
私は既に待ち遠しいのです
貴方と私が結ばれる時が。

---

(33) Spart. では、che a me ti stringerà だが意味はほとんど同じ。

BARTOLO バルトロ	(34) Ma lasciami vedere!	

お前、わしに〔彼らが〕見えるようにしておいてくれ！

FIGARO フィガロ	Vedete; chi vi tiene?...

ご覧くだせえ、誰が貴方を押さえていると思っていなさるんで？…

CONTE e ROSINA 伯爵とロジーナ	*(fingendo di solfeggiare)* Do re mi fa sol la...

（ソルフェージュをしているふりをしながら）

ド レ ミ ファ ソ ラ…

CONTE 伯爵	Ora avvertir vi voglio,

今、貴女に知らせておきたいのだ。

(Bartolo si alza e si avvicina agli amanti)

（バルトロが立ち上がり、恋人たちのところに近づく）

Cara, che il vostro foglio
Perché non fosse inutile
Il mio travestimento...

愛しの貴女よ、貴女の手紙は
無駄にならないように
私の変装が…

BARTOLO バルトロ	Il suo travestimento?... Ma bravi, ma bravissimi!(35) Ma bravi in verità!

奴の変装だと？…
それにしても、お前たちは見事、非常に見事だ！
それにしても、本当に見事だ！

Bricconi, birbanti
  Ah voi tutti quanti
  Avete giurato
  Di farmi crepar.

ならず者めが、悪党めが
  ああ、お前たちは皆一緒になって
  誓いおったな
  わしを殺そうと。

---

(34) このバルトロのパーツ、次のフィガロのパーツ、伯爵とロジーナのソルフェージュは作曲されていないためSpart. にはなく、伯爵の Ora avvertir vi voglio に続く。
(35) Spart. では、この1行は次のように2行に書き直されている。
  Ah! ah! bravo, bravissimi!   あっはっは、えらい、お前たちは見事だ！
  Sor Alonso, bravo! Pace e gioia. アロンソ師、あっぱれだ！　平和と喜びか。

> (36)Uscite furfanti,
>   Vi voglio accoppar
>   Di rabbia di sdegno
> (37)Mi sento crepar.

出て行け、やくざどもめ、
　お前たちを殴り殺してやる
　怒りと憤怒で
　わしは死ぬ思いだわい。

a 3
3人で
> L'amico delira...
> (38)La testa gli gira,
> (39)Dottore, tacete,
>   Vi fate burlar.

この友人は逆上し…
　頭がくるくる回ってしまっている、
　ドクター、お黙りなさい、
　貴方は自分自身を笑い者にしておられる。

> Tacete, partiamo,
>   Non serve gridar.
>   (Intesi, ci siamo,
>   Non v'è a replicar.)(40)

お黙りなさい、私たちは出て行くから、
　大声を出してもなんの役にも立たぬ。
　（我々は了解済み、
　反論の余地はなしだ）

---

(36) Spart. では、Su fuori, furfanti. だが意味は同じ。
(37) Spart. では、Mi sento avvampare.「(怒りと憤怒で)わしは自分が燃え上がるのを覚えるぞ」と crepareを avvampare に代えているが、これは4行前で crepare を使っているので重複を避けたため。
(38) Spart. では、La testa vi gira, と、それまでの「彼の」ではなく、バルトロに向かって「貴方の頭はくるくる回っておりますよ」と、からかっているように書き直されている。
(39) Spart. では、Dottore, ma zitto になっているが意味は同じ。
(40) Spart. では、このあとに次のようなト書きが入る。
　　(Partono eccetto Bartolo.)(バルトロを除いて出て行く)

Scena Quinta　第5場[41]

Bartolo, indi Berta, e Ambrogio.
バルトロ、それからベルタとアンブロージョ。

〈Recitativo　レチタティーヴォ〉

BARTOLO　　Ah disgraziato!... ed io[42]
バルトロ　　Non mi accorsi di nulla! (Ah Don Basilio
　　　　　　Sa certo qualche cosa.)

ああ、なんと〔わしは〕不幸者！… そして、このわしが
なにも気づかなかったとは！（ああ、ドン・バジリオは
きっとなにか知っているぞ。）

(dopo aver riflettuto)
（よく考えてから）

　　　　　　　　　　　Ehi chi è di là?
Chi è di là?

　　　　　　　　　おい、誰だそこにいるのは？
誰だそこにいるのは？

(escono Ambrogio e Berta da parti opposte)
（アンブロージョとベルタがそれぞれ反対側から出てくる）

　　　　　Senti, Ambrogio:
Corri da Don Basilio qui rimpetto.
Digli ch'io qua l'aspetto,
Che venga immantinente,
Che ho gran cose da dirgli, e ch'io non vado
Perché... perché... perché ho di gran ragioni.
Va subito.

　　　　いいか、アンブロージョ、
向かいのドン・バジリオの家に一走りして、
わしがここで待っていると伝えろ。
大急ぎで来るようにと、　　　　　　　　┌と
わしが重大なことを言わねばならぬと、そしてわしが行けぬ
と言うのは… と言うのは… いろいろ重大な理由があるのだ
すぐに行け。　　　　　　　　　　　　　└と。

---

(41) この第5場は省略されることもある。
(42) Spart.では、この1行は次のように書き直されている。
　Ah! Disgraziato me! ma come?...ed io　ああ、なんたるわしじゃ、だが、どうして？… このわしが〔なにも気づかなかったとは！〕

(Ambrogio parte)(a Berta)
(アンブロージョは出て行く)(ベルタに)

　　　　Di guardia
Tu piantati alla porta, e poi... no, no:
(Non me ne fido.) io stesso ci starò.
(parte)

　　　　見張りに
お前は入り口に立っておれ、それから… いや、いや不要じゃ、
(わしには信じられぬ。)わしが自分でおる。
(出て行く)

Scena Sesta　第6場

Berta sola.
ベルタただ一人。

BERTA　Che vecchio sospettoso! Vada pure
ベルタ　E ci stia finché crepa.
　　　Sempre gridi e tumulti in questa casa.

　　なんて疑い深い老人だ！ 行くがいいさ
　　死ぬまでいるがいいさ。
　　いつも怒鳴り声と騒ぎだ、この家の中は。

Si litiga, si piange, si minaccia,
Non v'è un'ora di pace
Con questo vecchio avaro e brontolone.
Oh che casa!... oh che casa in confusione.

　喧嘩をし、泣き、脅す、
　一時(いっとき)の平和だってありはしない
　この欲張りで不平たらたらの老人といるのでは。
　おお、なんていう家なんだろう！… おお、なんて混乱した家だろう。

〈Aria アリア〉

Il vecchiotto cerca moglie,
　Vuol marito la ragazza,
　Quello freme, questa è pazza,
　Tutti e due son da legar.

　老いぼれは嫁をもらいたくて、
　　娘は亭主をもらいたくて仕方がない、
　　あっち〔老人〕はいらつき、こっち〔娘〕は狂っている、
　　二人とも縛ってしまうべきだ。

Ma che cosa è questo amore
　　Che fa tutti delirar?...

　　だが、なんだね、この恋というのは
　　　　皆の頭を狂わせてしまう〔恋とは〕?…

Egli è un male universale,
　(43)Una smania, un certo ardore
　Che nel core dà un tormento...
　Poverina anch'io lo sento
　Né so come finirà.

　　それは、世の中に普遍の病気、
　　　　一種の焦慮の念、ある種の情熱
　　　　心に苦しみを与える〔情熱よ〕…
　　　　かわいそうな私、私もそれを感じているが
　　　　どのように終わるのか分からない。

Ah vecchiaia maledetta
　Che disdetta singolar!(44)

　　ああ、いまわしきは老い
　　　　なんと変わった不運だろう!

Niun mi bada, niun mi vuole,
　Son da tutti disprezzata,
　E vecchietta disperata
　Mi convien così crepar.
(parte)

　　誰も私に気を掛けてくれず、誰も私を望んでくれず、
　　　　私は皆に軽蔑されている、
　　　　そして希望のない老婆として
　　　　死んで行くのが私には相応しい〔運命なのよ〕。
（出て行く）

---

(43) Spart. では、この行と次の行は次のようにまったく書き直されている。
　　Una smania, un pizzicore,　　一種の焦慮の念、気まぐれ、
　　un solletico, un tormento...　　むずがゆさ、苦しみ…
(44) この行と続く2行は作曲されていないため Spart. にはない。

Scena Settima　第7場[45]

Don Bartolo introducendo Don Basilio.
ドン・バルトロ、ドン・バジリオを連れて入ってくる。

〈Recitativo レチタティーヴォ〉

BARTOLO バルトロ	Dunque voi Don Alonso Non conoscete affatto? さて、貴殿はドン・アロンソを まったくご存じないと？
BASILIO バジリオ	Affatto. まったく。
BARTOLO バルトロ	Ah certo Il Conte lo mandò. Qualche gran trama Qua si prepara. ああ、確かじゃ 伯爵が彼をよこしたのじゃ。なにか大きな企てが ここで準備されておるのじゃ。
BASILIO バジリオ	Io poi Dico che quell'amico Era il Conte in persona. それから、私は 申し上げますが、あの友人とは 伯爵自身であったのですよ。
BARTOLO バルトロ	Il Conte?... 伯爵じゃと？…
BASILIO バジリオ	Il Conte. (La borsa parla chiaro.) 伯爵でございます。 (財布がはっきりと物語っている。)

---

(45) この第7場と第8場は、後者の最後の嵐の描写のト書きの前までは省略されることもある。

BARTOLO バルトロ	Sia che si vuole,(46) amico, dal Notaro Vo' in questo punto andare; in questa sera Stipolar di mie nozze io vo' il contratto.

奴がなんであろうと、友よ、公証人のところに
こうなっては行きたいのじゃ、今晩中に
わしの婚礼の契約を締結したいのじゃ。

BASILIO バジリオ	Il Notar?... siete matto?... Piove a torrenti, e poi Questa sera il Notaro È impegnato con Figaro; il barbiere Marita una nipote.(47)

公証人ですと？… 貴方は気が違いなさったのか？…
外は豪雨ですし、それに
今晩は公証人は
フィガロで手一杯でございます。床屋は
姪を結婚させますので。

BARTOLO バルトロ	Una nipote?... Che nipote?... Il barbiere Non ha nipoti. Ah qui v'è qualche imbroglio. Questa notte i bricconi Me la vogliono far; presto; il Notaro Qua venga sull'istante.

姪じゃと？…
何が姪じゃ？… あの床屋には
姪や甥などおらぬわい。ああ、ここにはなにか企みがある。
今夜あの悪党どもは
このわしになにかするつもりじゃ。急げ、公証人を
ここに即刻来させるのじゃ。

Ecco la chiave del portone: andate,
Presto per carità.
(gli dà una chiave)

これが入口の扉の鍵じゃ、行ってきてくだされ、
お願いじゃ、早くせい。
(彼に鍵を渡す)

BASILIO バジリオ	Non temete: in due salti io torno qua. *(parte)*

ご心配ご無用。一走りで戻って参ります。
(出て行く)

---

(46) Spart. では、Sia chi si vuole, 「誰であろうと」に書き直されている。
(47) Spart. では、una nipote でなく、sua nipote「彼の姪」。

Scena Ottava　第8場

Bartolo, indi Rosina.
バルトロ、それからロジーナ。

BARTOLO
バルトロ
Per forza o per amore
Rosina avrà da cedere. Cospetto!...
Mi viene un'altra idea, Questo biglietto

力づくであろうと愛情によろうと
ロジーナは屈しなければならぬ。これは素晴らしい！…
別の考えが浮かんだぞ、この手紙が

(cava dalla tasca il biglietto datogli dal Conte)
(伯爵が彼に渡した手紙をポケットから取り出す)

Che scrisse la ragazza ad Almaviva
Potria servir... Che colpo da Maestro!
Don Alonso, il briccone,
Senza volerlo mi die' l'armi in mano.
Ehi Rosina, Rosina!

あの娘がアルマヴィーヴァに書いた〔手紙が〕
役に立つかも…〔この考えは〕まさに名人の一撃だ！
あのならず者のドン・アロンソめ、
心ならずもこのわしに武器を与えてしまったぞ。
おい、ロジーナ、ロジーナ！

(Rosina dalle sue camere entra senza parlare)
(ロジーナは黙って自分の部屋から入ってくる)

　　　　　　　　　　Avanti, avanti,
Del vostro amante io vi vo' dar novella.
Povera sciagurata! in verità
Collocaste assai bene il vostro affetto!

前に、前に〔来なさい〕、
あんたの恋人についての知らせを与えてやろう。
かわいそうな気の毒な娘よ！　本当に
お前は自分の愛情を大変な目に遭わせおったのじゃ！

Del vostro amor sappiate
Ch'ei si fa gioco in sen d'un'altra amante.
Ecco la prova.
(le dà il biglietto)

知るがよい、お前の愛を
彼はほかの恋人の胸に抱かれながら弄んでいるのだぞ。
ほら証拠だ。
(彼女に手紙を与える)

ROSINA ロジーナ		Oh cielo! il mio biglietto!

おお、どうしましょう！　私の手紙だわ！

BARTOLO
バルトロ

Don Alonso e il barbiere
Congiuran contro voi: non vi fidate.
In potere del Conte d'Almaviva[(48)]
Vi vogliono condurre...

　ドン・アロンソと床屋めは
　お前にたいして奸計を企んでいる。信用するでないぞ。
　アルマヴィーヴァ伯爵の腕に
　お前を抱かせようとしているのじゃ…

ROSINA
ロジーナ

　　　　　　　　　　　(In braccio a un altro!...
Che mai sento!... ah Lindoro!... ah traditore!

　　　　(ほかの男の腕に！…
　なんということを聞いているのだろう！… ああ、リンドー
　　　　　　　　　　　　　　　　　└ロ！… ああ、裏切り者！

Ah sì!... vendetta! e vegga,
Vegga quell'empio chi è Rosina.) Dite,
Signore, di sposarmi
Voi bramavate...

　ああ、そうよ！… 復讐よ！　見るがいい、
　あの無慈悲な男はロジーナが誰なのか見るがいい。) おっしゃ
　貴方様、私と結婚なさるのを　　　　　└ってください、
　切望なさっておられましたが…

BARTOLO
バルトロ

　　　　　　　　　　　　E il voglio.

　　　　　　それをわしは望んでおる。

ROSINA
ロジーナ

　　　　　　　　　　　　Ebben, si faccia!
Io... son contenta!... ma, all'istante. Udite:
A mezza notte qui sarà l'indegno
Con Figaro il barbier; con lui fuggire
Per sposarlo io voleva...

　　　　　　　　　　　　では、なさってください！
　私は… 嬉しゅうございます！… でも、すぐにです。お聞きく
　真夜中にあの卑劣漢がここに　　　　　└ださい、
　床屋のフィガロと参ります。彼と一緒に逃げることを
　私は望んでおりました、彼と結婚するために…

---

(48) Spart. では、nelle braccia del Conte d'Almaviva「アルマヴィーヴァ伯爵の腕の中に」と具体的に書き直されている。

BARTOLO バルトロ	Ah scellerati! Corro a sbarrar la porta.

あゝ、何という不埒な奴らじゃ！
走っていって扉にかんぬきを掛けてこよう。

ROSINA ロジーナ	Ah mio signore! Entran per la fenestra. Hanno la chiave.

あゝ、貴方様！
彼らは窓から入って参ります。鍵を持っておりますの。

BARTOLO バルトロ	Non mi muovo di qui! Ma... e se fossero armati?... Figlia mia, Poiché ti sei sì bene illuminata Facciam così. Chiuditi a chiave in camera, Io vo a chiamar la forza: Dirò che son due ladri, e come tali!...

わしはここから動かぬぞ！
だが… もし奴らが武装していたら？… 私の嬢や
お前がこんなに利発なのなら
こうしようではないか。部屋に鍵をかけて閉じこもりなさい、
わしは警察を呼びに行く。
わしは言うのじゃ、泥棒が二人おり、これこれこうですとな

Corpo di bacco!... l'avrem da vedere!
Figlia, chiuditi presto: io vado via.
(parte)

大変なことになるぞ！… 高見の見物じゃわい！…
嬢や、早く部屋に閉じこもっていなさい。わしも行くとしよう。
(出て行く)

ROSINA ロジーナ	Quanto! quanto è crudel la sorte mia!

なんと！ なんと私の運命は残酷なんでしょう！

⟨Temporale 嵐⟩

Segue lstromentale[49] *esprimente un Temporale.*
Dalla fenestra di prospetto si vedono frequenti lampi,
e si ascolta il romore del tuono. Sulla fine dell'Istromentale
si vede dal di fuori aprire la gelosia, ed entrare un dopo
l'altro Figaro, ed il Conte avvolti in mantello, e bagnati
dalla pioggia. Figaro avrà in mano una lanterna.

嵐を表わす器楽の演奏が続く。正面の窓からは立て続けに光る稲妻が
見え雷の音が聞こえる。器楽の終わる時分に、外から鎧戸が開かれる
のが見え、マントに身を包み雨でびしょ濡れになったフィガロと伯爵が
順に入ってくるのが見える。フィガロはカンテラを持っている。

Scena Nona　第9場

Il Conte e Figaro, indi Rosina.
伯爵とフィガロ、あとでロジーナ。

⟨Recitativo レチタティーヴォ⟩

FIGARO フィガロ	Al fine eccoci qua. やっとのことでここに来た。
CONTE 伯爵	Figaro, dammi man. Poter del mondo! Che tempo indiavolato. フィガロ、わしに手を貸せ。いやはや！ なんというひどい天気なのだ。
FIGARO フィガロ	Tempo da innamorati. 恋人たち用の天気でございます。
CONTE 伯爵	Ehi fammi lume. おい、灯りをつけてくれ。

(Figaro accende i lumi)
（フィガロは灯りをつける）

Dove sarà Rosina?
ロジーナはどこかな？

---

(49) Istromentale の語は、現在では使用されないが「器楽曲」。

FIGARO フィガロ	*(spiando)*	Ora vedremo... Eccola appunto.

(目を凝らし)

　　　　　　　間もなく見えましょうが…
ほら、あすこでございます。

CONTE 伯爵	*(con trasporto)*	Ah mio tesoro!

(夢中になって)

　　　　　　ああ、わが恋人よ！

ROSINA ロジーナ	*(respingendolo)*	Indietro Anima scellerata; io qui di mia Stolta credulità venni soltanto A riparar lo scorno; a dimostrarti Qual sono, e quale amante Perdesti, anima indegna, e sconoscente.

(彼を押し返し)

　　　　　　　　　　　さがりなさい
よこしまな魂〔の持ち主〕よ、私がここに来たのは
私の愚かな妄信の恥をそそぐためだけ
そして、お前に見せてやるためだけ
私がどんな女か、お前がどんな恋人を失ったのかを
恥ずべき恩知らずの魂〔の持ち主〕よ。

CONTE 伯爵	Io son di sasso.

　　わしは〔驚きのあまり〕石になったようだ。

FIGARO フィガロ	Io non capisco niente.

　　　　あっしにはとんと分かりませぬ。

CONTE 伯爵	Ma per pietà...

　　だが、どうかお願いだから…

ROSINA ロジーナ	Taci. Fingesti amore Sol per sagrificarmi⁽⁵⁰⁾ A quel tuo vil Conte Almaviva...

　　　　　　お黙り。お前は愛を偽ったわね
私を犠牲にするためだけに
あのお前の卑怯なアルマヴィーヴァ伯爵のため…

---

(50) Spart. では、ここからの2行は次のように書き直されている。
　　　Per vendermi alle voglie　　私を欲望に売り渡すために
　　　di quel tuo vil Conte...　　あのお前の卑しい…　伯爵の

| CONTE
伯爵 | Al Conte?...
Ah sei delusa!... oh me felice!... adunque
Tu di verace amore
Ami Lindor... rispondi. |

　　　　　　　　　　　　　　　　　伯爵のためだと？…
ああ、お前は思い違いをしている！… わしは幸福だ！… さ
お前は真の愛で　　　　　　　　　　　　　　　　└て
愛しているなリンドーロを… 答えなさい。

| ROSINA
ロジーナ | Ah sì! t'amai pur troppo!... |

ああ、そうよ、私はお前を愛していたわ、残念なことに！…

| CONTE
伯爵 | Ah non è tempo
Di più celarsi, anima mia: ravvisa |

　　　　　　　　　　　　　　　　　ああ、もうこれ以上
隠すときではない、私の恋人よ、よく見るがいい

(s'inginocchia gettando il mantello, che viene raccolto da Figaro)

（マントを投げ捨て膝まづく、フィガロはマントを拾う）

| Colui che sì gran tempo
Seguì tue traccie, che per te sospira,
Che sua ti vuol, che fin da questo istante[51]
A farti di tua sorte appien sicura,
Amore eterno, eterna fè ti giura.
Mirami, o mio tesoro,
Almaviva son io: non son Lindoro. |

かくも長い間
そなたのあとを追い、そなたのために〔恋の〕吐息をつき
そなたを自分の〔妻と〕求め、この瞬間から
そなたの将来を確実なものとしようと求めている者は、
そなたに永遠の愛と、永遠の忠誠を誓うのだ。
わしをよく見るがよい、わが恋人よ、
われこそアルマヴィーヴァ伯爵じゃ、リンドーロではない。

---

(51) この行の che fin da questo istante 以降3行は作曲されておらず、Spart. にはなく、Mirami... 以下に続く。

〈Terzetto 三重唱〉

ROSINA
ロジーナ

Ah qual colpo inaspettato!...
Egli stesso!... oh Ciel! che sento!
Di sorpresa, di contento,
Son vicina a delirar.

ああ、なんという思いがけない打撃!…
彼自身が!… ああ、天よ! 耳を疑ってしまいますわ!
驚きと、満足で、
私は有頂天になりそうだわ。

CONTE
伯爵

Qual trionfo inaspettato!...
Me felice!... oh bel momento!
Ah d'amore, di contento,
Son vicino a delirar.

ああ、なんという思いがけない勝利だろう!…
わしは幸福だ!… おお、素晴らしいときよ!
ああ、愛と、満足で、
わしは有頂天になりそうじゃ。

FIGARO
フィガロ

Son rimasti senza fiato!...
Ora muoion dal contento!
Guarda guarda il mio talento
Che bel colpo seppe far.

二人とも息も止まる思いでいるわい!…
満足で死にそうだわい!
見ろよ、見ろよ、あっしの才能が
なんたる素晴らしい手を打つことができたかを。

ROSINA
ロジーナ

Ma Signor... ⁽⁵²⁾ma voi... ma io...

だけど、殿様… ですが貴方様は… ですが私は…

CONTE
伯爵

Ah non più, non più, ben mio!...
Il bel nome di mia Sposa
Idol mio, t'attende già.

もうよい、それ以上はよい、わが愛する人よ!…
わが妻なる美しい名前が
わが愛する者よ、既にそなたを待っておる。

---

(52) Spart. では、Ma signore が Mio signore... になっている。意味はほとんど同じ。

	ROSINA ロジーナ	Il bel nome di tua Sposa Ah qual gioia al cor mi dà.(53)
		貴方様の妻という美しい名前は ああ、なんという喜びを私の胸に与えますことか。
	(54) FIGARO フィガロ	Bella coppia: Marte e Venere! Gran poter del Caduceo! E il baggiano di Vulcano È già in rete e non lo sa.
		美しいカップルだ。〔軍神〕マースと〔美の神〕ヴィーナスだ! 〔二人の神を守る〕マーキュリーの偉大なる力よ! そして、〔ヴィーナスの夫で火山の神〕ヴルカヌスの馬鹿は 既に網にかかっているのに知らないのだ。
	CONTE e ROSINA 伯爵とロジーナ	Oh bel nodo avventurato(55) Che fai paghi i miei desiri! Alla fin de' miei martiri Tu sentisti, Amor, pietà.
		おお、麗しき幸運な絆よ、 お前は私の望みをかなえてくれるのだ! 私の〔さまざまな〕苦しみの末に おお、愛の神よ、貴方は慈悲をお感じになったのだ。
	FIGARO フィガロ	Presto andiamo: vi sbrigate:(56) Via lasciate quei sospiri: Se si tarda i miei raggiri Fanno fiasco in verità. *(va al balcone)*
		さあ、参りましょう、お急ぎください。 もうお止めください、そんな吐息は。 遅くなると、私の計略が 駄目になりますよ、本当に。 (バルコニーの方に行く)

(53) Spart. では、この句のあとに伯爵の言葉が入る。
 Conte 伯爵:
  Sei contenta? そなたは満足か?
(54) このフィガロが神話についての知識を披瀝する節は作曲されていないので Spart. にはない。フィガロはここで伯爵とロジーナを神話のマースとヴィーナスにたとえ、二人がヴィーナスの夫のヴルカヌス (ここではバルトロのこと) が知らないうちに、マーキュリー (=Caduceo) の保護のもとに結ばれたという神話を引き合いに出している。もちろん、フィガロは自分をマーキュリーに例えているわけだ。
(55) Spart. では、次のように書き直されている。
 Dolce nodo avventurato 甘き幸福なる絆よ、
(56) Spart. では、このフィガロの言葉の最初の1行目は、この前に出てくる伯爵とロジーナの言葉をからかいながら入れて、次のように書き直されている。
 Nodo. Presto, andiamo. 絆ね。早く、参りましょう。
 Paghi. Vi sbrigate. かなえてね。お急ぎください。

Ah cospetto! che ho veduto!
　Alla porta... una lanterna...
　Due persone... che si fa?

　ああ、なんてこった！　見えたぞ！
　　戸口で… カンテラ〔の光〕が…
　　人が二人… 何をするのだろう？

a 3
3人で
Zitti zitti, piano piano,
　Non facciamo confusione,
Per la scala del balcone
Presto andiamo via di qua.

　黙って、黙って、静かにそっと、
　　騒ぎを立てないようにしよう、
　バルコニーの梯子で
　早く立ち去るとしよう、ここから。

(vanno per partire)
〔立ち去ろうとする〕

〈Recitativo レチタティーヴォ〉

FIGARO
フィガロ
Ah disgraziati noi! come si fa?...
ああ、我々はついていないぞ！　どうしようか？…

CONTE
伯爵
Che avvenne mai?...
いったい何が起こったのじゃ？…

FIGARO
フィガロ
La scala...
梯子が…

CONTE
伯爵
Ebben?...
というと？…

FIGARO
フィガロ
La scala non v'è più!
梯子がないのでございます！

CONTE
伯爵
Che dici?
何だと？

FIGARO
フィガロ
Chi mai l'avrà levata?...
いったい誰がはずしたのだろう？…

CONTE 伯爵		Quale inciampo crudel!...
		なんたる惨(むご)い横槍が入ったものか!…
ROSINA ロジーナ		Me sventurata!
		不幸せな私よ!
FIGARO フィガロ		Zi... zitti... sento gente. Ora ci siamo.[57] Signor mio, che si fa?
		しっ… 黙って… 人の声が聞こえます。今や、万事休すです。 殿、いかがいたしましょうか?
CONTE 伯爵	*(si ravvolge nel mantello)* Mia Rosina, coraggio.	
	(マントに身を包む) 私のロジーナよ、勇気を出せ。	
FIGARO フィガロ		Eccoli qua.
		ほら、彼らです。

(si ritirano verso una delle quinte)
(幕の一方に退く)

Scena Decima　第10場

Don Basilio con lanterna in mano introducendo un Notaro con carte in mano.
　ドン・バジリオがカンテラを手に、書類を持った公証人を連れてくる。

BASILIO バジリオ	*(chiamando alla quinta opposta)* Don Bartolo, Don Bartolo...	
	(反対の幕の方に向かって呼ぶ) ドン・バルトロ、ドン・バルトロ…	
FIGARO フィガロ	*(accennandolo al Conte)* Don Basilio.	
	(伯爵にその男を指さし) ドン・バジリオです。	
CONTE 伯爵		E quell'altro?
		もう一人の男は?

---

(57) Ora ci siamo. は、良い(または悪い)結果に到達することを意味し、ここでは「今や、来るべきところに来てしまった」。つまり「逃げ道はなし」のような意味。

| FIGARO フィガロ | Ve', ve':(58) il nostro Notaro. Allegramente. Lasciate fare a me. Signor Notaro: |

おや、おや、我々の公証人です。これは喜べだ。
私めにお任せください。公証人殿。

(Basilio e il Notaro si rivolgono e restano sorpresi. Il Notaro si avvicina a Figaro)

(バジリオと公証人は振り返って驚いて立ち尽くす。公証人はフィガロに近づく)

Dovevate in mia casa
Stipolar questa sera
Un contratto di nozze
Fra il Conte d'Almaviva, e mia nipote.
Gli sposi, eccoli qua. Avete indosso
La scrittura?

貴方は私の家で
今夜は整えることになっておられるはずですな
結婚契約書を
アルマヴィーヴァ伯爵と私の姪との。
花嫁と花婿はここにおります。ところでお持ちですな
書類は？

(il Notaro cava una scrittura)

(公証人は書類を取り出す)

Benissimo.

上出来だ。

| BASILIO バジリオ | Ma piano, Don Bartolo... dov'è?... |

だが、落ち着いて
ドン・バルトロは… どこにおられる？…

| CONTE 伯爵 | Ehi Don Basilio... |

おい、ドン・バジリオ…

(chiamando a parte Don Basilio, cavandosi un anello dal dito additandogli di tacere)

(ドン・バジリオを傍らに呼び、指輪を抜いて、彼に黙っているように合図をする)

Questo anello è per voi.

この指輪は貴方のものだ。

---

(58) Ve', ve' は、vedi, vedi のこと。「見ろ、見ろや」とか「おや、あや」のような意味。

BASILIO バジリオ	Ma io...
	だが、私は…

CONTE 伯爵	Per voi Vi sono ancor due palle nel cervello
	あんたには まだ、脳みその中に撃ち込む弾が二発残っているのだが

(cavando una pistola)
(ピストルを引き出す)

Se v'opponete.

もし、あんたが反対すればだ。

BASILIO バジリオ	Oibò: prendo l'anello. *(prende l'anello)* Chi firma?...
	なんということだ。指輪はいただきます。 (指輪を受け取る) で、どなたがご署名になるので？…

CONTE 伯爵	Eccoci qua. Son testimoni Figaro e Don Basilio.
	ここにいる我々だ。証人は フィガロとドン・バジリオ。

(il Conte e Rosina sottoscrivono)
(伯爵とロジーナが署名する)

Essa è mia sposa.

彼女はわが妻である。

FIGARO e BASILIO フィガロとバジリオ	Evviva!
	万歳！

CONTE 伯爵	Oh mio contento!
	おお、わしは満足じゃ！

ROSINA ロジーナ	Oh sospirata mia felicità.
	おお、待ち望んでいた私の幸福。

FIGARO e BASILIO フィガロとバジリオ	Evviva!
	万歳！

(nell'atto che il Conte bacia la mano a Rosina, e Figaro abbraccia goffamente Don Basilio, entra Don Bartolo come appresso (59) *)*

(伯爵がロジーナの手にキスし、フィガロがぎこちなくドン・バジリオを抱擁しているときに、ドン・バルトロが次に述べる人々とともに入ってくる)

Scena Ultima　最終場

Don Bartolo, un Alcalde,(60) *Alguazils,*(61) *Soldati, e detti.*
ドン・バルトロ、市役所の法務官、警官、兵士たち、前述の人々。

BARTOLO バルトロ	Fermi tutti. Eccoli qua. 皆の者動くな。ほら彼らです。

(additando Figaro e il Conte all'Alcalde, e ai Soldati, e slanciandosi contro Figaro)

(フィガロと伯爵を法務官や兵士たちに指さし、フィガロに飛びかかる)

FIGARO フィガロ	Colle buone, Signor. 穏やかに、旦那。

BARTOLO バルトロ	Signor, son ladri, Arrestate, arrestate. 　　　　　　貴方様、彼らが泥棒です、 逮捕してください、逮捕してください。

ALCALDE 法務官	Mio Signore Il suo nome. 　　　　貴殿の お名前を。

CONTE 伯爵	(62)Il mio nome È quel d'un uom d'onore. Lo sposo io sono Di questa... 　　わしの名前は 名誉を重んじる男の名前である。わしは夫である この婦人の…

---

(59) come appresso は、「次のように」、つまり、ここでは「次に出てくる人々と一緒に」のような意味。
(60) Alcalde はスペインの市役所の裁判官の役をする行政官。
(61) Alguazils はスペインの市警。
(62) この伯爵のセリフから、ずっと後の Alcalde の Chi è lei? までは省略されることもある。

BARTOLO バルトロ	Eh andate al diavolo. Rosina Esser deve mia sposa: non è vero? 　　おい、とっとと消え失せるがよい。ロジーナは わしの妻であるべきじゃ、そうだろう？
ROSINA ロジーナ	Io sua sposa?... oh nemmeno per pensiero. 私が彼の妻？… そんなこと考えてみたこともない。
BARTOLO バルトロ	Come? come fraschetta?... ah son tradito! Arrestate vi dico. *(additando il Conte)* È un ladro. なんじゃと？… この浮気女め… わしは裏切られた！ 逮捕してください、申し上げます、 （伯爵を指さして） 奴は泥棒でございます。
FIGARO フィガロ	Or or l'accoppo. 　　いま、ぶっ殺してやるからな。
BARTOLO バルトロ	È un birbante,[63] è un briccon. 奴は悪党です、無頼漢です。
ALCALDE 法務官	*(al Conte)* 　　　　　　　　Signore... （伯爵に） 　　　　　　　　貴殿は…
CONTE 伯爵	Indietro. 　　　　　　　　　　さがっておれ。
ALCALDE 法務官	*(con impazienza)* Il nome. （いらだって） 名前だ。
CONTE 伯爵	Indietro, dico, Indietro. 　　さがっておれと言っておるではないか、 さがれ。

---

(63) Spart. では、birbante の代わりに furfante になっているが、意味はほとんど同じ。

ALCALDE 法務官	Ehi, mio Signor, basso quel tuono. Chi è lei?

　　　　　　もし、貴殿は、声をさげて。
　　　貴殿はどなたでござる？

CONTE 伯爵	(scoprendosi) 　　Il Conte d'Almaviva io sono.

（マントを脱ぎ捨て）
　　　　わしこそアルマヴィーヴァ伯爵じゃ。

〈Recitativo strumentato⁽⁶⁴⁾ 楽器の伴奏のついたレチタティーヴォ〉

BARTOLO バルトロ	Il Conte!... che mai sento!...

　　　伯爵だと！… 耳を疑いたい！…

(verso l'Alcalde e i Soldati)

（法務官と兵士たちに）

Ma cospetto!...

　　　なんということだ！…

CONTE 伯爵	T'accheta; invan t'adopri, Resisti invan. De' tuoi rigori insani Giunse l'ultimo istante. In faccia al mondo Io dichiaro altamente

　　　　　落ち着け、無駄なことは止めろ、
　　手向かっても無駄だ。お前の不真面目な威力の
　　最後の瞬間が来たのじゃ。わしは天下に向かって
　　高らかに宣言する

(toglie la Scrittura di nozze dalle mani del Notaro, e la dà all'Alcalde)

（公証人の手から結婚書類を取り上げ、法務官に渡す）

---

(64) この Recitativo strumentato から、その後のアリアを含め、すっと後の Insomma io ho tutti i torti. で始まるバルトロのレチタティーヴォまでを省略することもある。

第2幕

Costei mia sposa: il nostro nodo o cara
Opra è d'amore: amore
Che ti fe' mia consorte
A me ti stringerà fino alla morte.
Respira omai: del fido sposo in braccio
Vieni, vieni a goder sorte più lieta.[65]

このものはわが妻じゃ。われらが絆は、
おお愛する人よ、愛の業であり、
そなたをわが伴侶とした愛は
そなたを死ぬまで私の胸に抱かせるだろう。
今や、心を安らかに持て、誠実な夫の腕に抱かれるため
来れ、来れ、より楽しき運命を享受するために。

BARTOLO
バルトロ

Ma io...

だが、わしは…

CONTE
伯爵

Taci.

黙れ。

BARTOLO
バルトロ

Ma voi...

だが、貴方様は…

CONTE
伯爵

[66]Non più, t'accheta.

もうよい、落ち着くのだ。

〈Aria アリア〉

Cessa di più resistere,
　Non cimentar mio sdegno:
　Spezzato è il giogo indegno
　Di tanta crudeltà.

もう、逆らうのは止めるのだ、
　わしの怒りを唆すのは止めよ。
　断ち切られたのじゃ、邪な束縛は
　多くの残忍な仕業の。

---

(65) Spart. では、この句の後半は più lieta sorte に書き直されているが意味は同じ。
(66) Spart. では、Non più の代わりに Olà「(威嚇や警告の間投詞) おい」「いいか」「こら」が入っている。

Della beltà dolente
　D'un innocente amore,
　L'avaro tuo furore
　Più non trionferà.

罪なき恋に苦しむ
　美女にたいする
　お前の思慮なき怒りも
　もはや勝つことはない。

(a Rosina)
(ロジーナに)

E tu, infelice vittima,
　D'un reo poter tiranno,
　Sottratta al giogo barbaro
　Cangia in piacer l'affanno,
(67) E al fianco a un fido sposo
　Gioisci in libertà.

そなた、不幸な犠牲者よ、
　罪深き暴力の
　野蛮なる束縛から助けられた今、
　苦しみを喜びに変えるがよい、
　そして、誠実なる夫の傍らで
　自由に喜ぶがよい。

(all'Alcalde, ed a' suoi seguaci)
(法務官とその従者に向かって)

Cari amici...

親しき友よ…

CORO　　　　　Non temete.
合唱
　　　　　ご心配なさるな。

CONTE　Questo nodo...
伯爵
　この絆は…

CORO　　　　　Non si scioglie;
合唱　Sempre a lei vi stringerà.
　　　　　解けることはないでしょう。
　　　そして、彼女の胸に貴方をいつもしかと抱かせるでしょう。

(il Notaro presenta a Bartolo la scrittura. Egli la legge dando segno di dispetto)
(公証人はバルトロに証書を渡す。彼はそれを読み、軽蔑の身振りをする)

---

(67) Spart. では、この１行は次のように書き直されている。
　E in sen d'un fido sposo　誠実なる夫の胸に抱かれ

CONTE 伯爵	Ah il più lieto, il più felice È il mio cor de' cori amanti!... Non fuggite, o lieti istanti, Della mia felicità.

　　ああ、一番喜びに溢れ、一番幸福だ
　　　わが心は、すべての愛し合う心の中で！…
　　　逃げないでおくれ、おお、喜びの時よ、
　　　わが幸福の〔喜びの時よ〕。

CORO 合唱	Annodar due cori amanti È piacer che ugual non ha.

　　愛し合う二つの心を結ぶのは
　　　これに匹敵するものがない喜びだ。

〈Recitativo レチタティーヴォ〉

BARTOLO バルトロ	Insomma, io ho tutti i torti!...

　　要するに、すべてわしが悪いことになるのか！…

FIGARO フィガロ	Eh pur troppo è così!

　　残念ながら、そのようで！

BARTOLO バルトロ	*(a Basilio)* 　　　　　　　Ma tu briccone, Tu pur tradirmi, e far da testimonio!...

　（バジリオに）
　　　　　　　だが、お前、無頼漢め、
　　お前までわしを裏切るとは、証人まで勤めるとは！…

BASILIO バジリオ	Ah Don Bartolo mio, quel Signor Conte Certe ragioni ha in tasca, Certi argomenti a cui non si risponde.

　　ああ、ドン・バルトロ、伯爵殿は
　　　ある種の理由をポケットの中にお持ちです、
　　　返答ができないある種の言葉を〔お持ちです〕。

BARTOLO バルトロ	Ed io, bestia solenne, Per meglio assicurare il matrimonio Io portai via la scala dal balcone!

　　そして、わしは、本当の畜生めだ
　　　結婚をより確実にするために
　　　バルコニーから梯子を持ち去ってしまった！

	FIGARO フィガロ	Ecco che fa un'inutil precauzione. そこですよ、無用な用心が役に立つのは。
	BARTOLO バルトロ	Ah disgraziato!... io crepo! [68] Ma, e la dote?... io non posso... ああ、なんたる馬鹿だ！… わしは死にそうだ！ だが、持参金は？… わしはできんぞ…
	CONTE 伯爵	Eh via; di dote Io bisogno non ho: va; te la dono. 止めておけ、持参金などは わしはいらぬわ。いいか、お前にくれてやる。
	FIGARO フィガロ	Ah ah ridete adesso?... Bravissimo Don Bartolo! Ho veduto alla fin rasserenarsi Quel vostro ceffo amaro e furibondo. Ma già ci vuol fortuna in questo mondo. [69] あっはっは、お笑いになりましたね？… えらいぞ、ドン・バルトロ！ あっしは見ましたぜ、やっと、あんたの苦い怒り狂った面が晴れ上がるのを。 そうでがす、この世では運が必要なんで。
	ROSINA ロジーナ	Dunque, Signor Don Bartolo... ところで、ドン・バルトロさんは…
	BARTOLO バルトロ	Sì, sì: ho capito tutto. そうじゃ、そうじゃ、わしはすべて分かっておる。
	CONTE 伯爵	Ebben, Dottore!... よろしい、ドクター！…
	BARTOLO バルトロ	Sì, sì, che serve! quel ch'è fatto è fatto. Andate pur che il Ciel vi benedica. そう、そうじゃ、何になる！ 過ぎたことは過ぎたことじゃ。 どうぞ、行ってくだされ、神がお二人に祝福を。

---

(68) バルトロのこの1行は作曲されていないので Spart. にはなく、次の Ma, e la dote? から始まる。また、Spart. では、Ma... e la dote? と少し書き直されている。この場合の dote「持参金」とはロジーナが親から残されバルトロが管理していた財産だが、バルトロは渡したくない。

(69) Spart. では、この1行は次のように書き直されている。この句で、フィガロはバルトロがロジーナは手に入れられなかったが、彼女の財産は手に入れたことを皮肉っている。
　Eh! i bricconi hanno fortuna in questo mondo.　いまいましや、この世ではずるい奴が得をするものさ。

FIGARO フィガロ	Bravo, bravo! un abbraccio!... Venite qua, Dottore.	

えらい、えらいぞ！ 抱擁だ！…
こちらに来てくださいな、ドクター。

ROSINA ロジーナ		Oh, noi felici!

      おお、幸福よ私たちは！

CONTE 伯爵	Oh fortunato amore!	

おお、幸せな愛よ！

(si danno la mano)

（手を握り合う）

〈Finaletto II　第2幕フィナレット〉

FIGARO フィガロ	Di sì felice innesto Serbiam memoria eterna, Io smorzo la lanterna Qui più non ho che far.

このような幸せな結びつきは
 永遠に心にしまっておきましょうぜ、
 あっしはランタンの灯りを消すとしよう
 ここではもはやあっしのすべきことはなしだ。

(smorza la lanterna)

（ランタンを消す）

(70) **CORO** 合唱	Amore e fede eterna Si vegga in voi regnar.

愛と永遠の誓いが
 お二人の中で支配し続けるのが見られますように。

---

(70) もちろん、この合唱には伯爵、ロジーナ、フィガロ、バルトロ、バジリオ、ベルタなど全員が含まれる。

ROSINA ロジーナ	Costõ sospiri e pene (71)Questo felice istante, 　Al fin quest'alma amante 　Comincia a respirar.	

　　ため息と苦しみの代価を要したのよ
　　　この幸福な瞬間には。
　　　そして、とうとう最後に、この愛する魂は
　　　息をしはじめたのよ。

CORO 合唱	Amore e fede eterna 　Si vegga in voi regnar.	

　　愛と永遠の誓いが
　　　お二人の中で支配し続けるのが見られますように。

CONTE 伯爵	Dell'umile Lindoro 　La fiamma a te fu accetta, 　Più bel destin t'aspetta, 　Su vieni a giubbilar.	

　　身分の低いリンドーロの
　　　燃える愛がそなたに受け入れられたのだ、
　　　より美しい運命がそなたを待っているのだ、
　　　さあ、おいで、喜びの声を上げに。

CORO(72) 合唱	Amore e fede eterna 　Si vegga in voi regnar.	

　　愛と永遠の誓いが
　　　お二人の中で支配し続けるのが見られますように。

---

(71) Spart.では、この1行は次のように書き直されている。
　　Un sì felice istante　　かくも幸福な一瞬は
(72) もちろん、コーラスのみならず登場人物全員が参加する。

訳者あとがき

　ジョアッキーノ・ロッシーニは、1792年2月29日、中部イタリアのアドリア海沿岸の都市ペーザロで生まれ、1868年11月13日フランスのパリ郊外のパシーで、七十七歳で死去した。この大作曲家については、これまでにあまりにも多くの書物が出ているので、本書ではただロッシーニが二十五歳の1816年2月に自分の第十七番目のオペラとして書き上げ上演した《セビリャの理髪師》に関することだけを簡単に書くことに留めたい。

　『セビリャの理髪師』は、フランスの劇作家ピエール・オギュスタン・ボーマルシェ（1732-1799）の第三作目の戯曲で、1775年2月23日にパリのテアトル・フランセーで上演されるや直ちに大成功をおさめ、これが彼の出世作となった。ロッシーニのオペラ《セビリャの理髪師》がローマのアルジェンティーナ劇場で初演されたのが1816年2月20日であるから、戯曲の初演からほぼ正確に41年後のことになるわけだ。ボーマルシェは、『セビリャの理髪師』の後日物語として、1781年に『フィガロの結婚』を書き上げたが、当局の検閲に引っ掛かり上演が禁止された。だが、3年後の1784年に初演されるやそのまま連続七十八回も公演されたほどの大成功をおさめたのである。この二作が当時の民衆に歓迎されたのは、内容がともにフランス大革命（1789年）前の貴族の専横を茶化し風刺したところにあったといえる。こうして、『セビリャの理髪師』と『フィガロの結婚』はともにフランス演劇史上に残る喜劇の傑作となった。ボーマルシェは、さらに『フィガロの結婚』の後日物語として、1792年に『罪ある母』を出した。これは、伯爵夫人とケルビーノの間に生まれすでに立派に成長した不義の子供と、伯爵家に忠実に仕える年老いたるフィガロなどを話題にしたものだが、すでに大革命が終わり、貴族制度が崩れ去ったこともあり、柳の下にいつまでもドジョウはおらず、これは失敗作に終わった。つまり『罪ある母』を含め三部作とはいわれても、後世に残ったのは初めの二作だけである。

　一方、フィガロを主役とするオペラでは、現在、一番有名なものはロッシーニの《セビリャの理髪師》とモーツァルトの《フィガロに結婚》であるが、話の内容としては《セビリャの理髪師》より後になるにもかかわらず、モーツァルト作曲の《フィガロの結婚》が、ロッシーニ作曲の《セビリャの理髪師》より約30年も前の1786年5月にウィーンのブルク劇場で初演されていることを不思議に思われる方がいるかもしれない。だが、ボーマルシェの最初の傑作戯曲『セビリャの理髪師』を土台にしたオペラがロッシーニ以前に存在しなかったわけではない。

ロッシーニの《セビリャの理髪師》が発表されるまでの最も有名な《セビリャの理髪師》としては、当時のヨーロッパで著名な作曲家であったナポリ出身のジョヴァンニ・パイジェッロ（1740-1816）がロシアのペテルブルクのエカテリーナ二世の宮廷に仕えていた時代に、リブレット作家としては有名なジュセッペ・ペトロセッリーニ（1727-1797？）のリブレットをもとにして書き上げた《セビリャの理髪師》があったのである。話が脱線するが、このリブレット作者はモーツァルトの《偽の女庭師》やチマローザの《ロンドンのイタリア女》などのリブレットの作者でもあった。さて、パイジェッロの《セビリャの理髪師》は1782年9月2日にペテルブルクの帝室劇場で初演されるやロシアのみならずヨーロッパの各都市でも大成功をおさめたのであった。つまり、パイジェッロが書いた最初の《セビリャの理髪師》は、モーツァルトの《フィガロの結婚》より約4年前に書かれていたことになり、話の順序が合っていたことになるわけだ。この他にも、ドイツ人三名とフランス人一名が同じ題材のオペラを作ったといわれるが、いずれもパイジェッロのものを凌駕できるものではなかった。また、ロッシーニと同じ時代では、ボローニャ出身の作曲家フランチェスコ・モルラッキ（1784-1841）が、1816年4月に、つまりロッシーニの《セビリャの理髪師》の初演の2カ月後に自分が監督を任されていたドレスデンのイタリア・オペラ劇場でパイジェッロと同じリブレットを使って作曲した《セビリャの理髪師》を初演し、このオペラもそれなりの成功を博していたのである。

こうした前からの事情、つまり、初演されてから既に約34年も歳月が経過しているにもかかわらず、当時はまだオペラの《セビリャの理髪師》といえば、すなわちパイジェッロのものと考えられていたのである。このため、ロッシーニとリブレット作者のチェーザレ・ステルビーニは、自分たちの新しい《セビリャの理髪師》のリブレットを書きオペラの作曲をするにあたり、オペラ《セビリャの理髪師》作曲家としての大先輩パイジェッロに敬意を表し、また、とかく人間的に芳しくない評判があったこのナポリの作曲家からの邪魔や横槍が入らないように、台本の序文（註：本書ではリブレットの対訳を主体としたので省略した）で、「この主題を原名で扱った著名なるパイジェッロに敬意を表するために、題名を短くして《アルマヴィーヴァ》あるいは《無駄な用心》とした」とか「マエストロ・ロッシーニは、先輩である不朽の作家にたいし不敵にも挑戦するとの悪評を受けないために《セビリャの理髪師》を全面的に新しく詩化し、有名なパイジェッロが作曲した時代とは大変違ってきた現代的演劇趣向に応じるため、楽譜に多くの新しい場面を付け加えるようにはっきりと要求したのである」などと、くどいほどの弁明釈明を書き連ねている。こうした「無駄な用心」が払われたのに、ロッシーニの《セビリャの理髪師》の初演は、再演からは大好評だったにもかかわら

ず、パイジエッロ・ファンの野次で大混乱に陥り、失敗に終わったと言い伝えられている。

　オペラを書き上げるスピードの速さで定評があったロッシーニがこの《セビリャの理髪師》を何日間で書き上げたかについては、いろいろな説があるが、今では1860年3月に行なわれたロッシーニとワーグナーの対談中に語られた「13日間」ではなく、それよりも1週間程度長かったのではないかというのが定説のようである。
　リブレットは、最初はステルビーニの知人で、その後ロッシーニのために《チェネレントラ》や《マティルデ・ディ・シャブラン》を書くことになるリブレット作家ヤコポ・フェッレッティ（1784-1852）が書いたのだが、ロッシーニの気に入らなかった。この結果、ロッシーニ自身の勧めによって、かれの最近作《トルヴァルドとドルリスカ》（1815年12月26日、つまり、《セビリャの理髪師》の初演2カ月前に、ローマのテアトロ・ヴァッレで初演）のリブレット作家のステルビーニ（当時三十一歳そこそこの若い劇作家であったが）に台本の依頼が出されたわけである。ステルビーニが初めの台本に手を加えながら書き始めたのが1816年1月13日だといわれるから、わずか12日後の同月25日に第1幕のテキストをロッシーニに手渡し、それから4日後の同月29日には第2幕を完成させ作曲家に渡しているのだから、ロッシーニのみならず、ロッシーニのオペラを手がけたリブレット作家もまた猛烈なスピードで書き上げる能力の持ち主であったといえよう。
　一方、ロッシーニは、1月25日に第1幕のリブレットを受け取ってから仕事を開始し、2月5日には第1幕の総譜を劇場側に渡して、直ちに練習が始められ、2月12日頃から数日後までの間に第2幕が完成し、本格的な練習が続けられ、2月20日には初演が上演されているのだから、たとえ「13日間」ではないにせよ、これだけの大作を一気に書き上げる能力は現在のオペラ界では考えられないスピードを伴ったものであったことは間違いない。

　ロッシーニの《セビリャの理髪師》のリブレット作者チェーザレ・ステルビーニ（1784-1831）は面白い人物で、本職は法王政庁の経理局の官吏で後に税関事務局の役職者となったが、若い時期に一時的な趣味として文学と劇作に没頭したことがあるものの、晩年は文学からはまったく遠のいてしまった。劇作に興味を示した時代には、オペラのリブレット作者としても、ロッシーニのために《トルヴァルドとドルリスカ》と《セビリャの理髪師》の二本を書き上げてかなりの才能を見せただけで、ほかにはまったく知られていない数本を書いただけでオペラ界からも遠ざかってしまい、1831年1月19日にわずか四十六歳の若さで亡くなっている。

さて、リブレットの対訳に際し、現代の伊伊辞典にも載っていない古語や古い言い回しについては、《セビリャの理髪師》のアルマヴィーヴァ伯の役を歌い尽くしたのみならず同オペラの演出も手掛けたこともあるテノール歌手ウィリアム・マッテウッツィ氏に教示を受け、また、実際にオペラを上演する際は省略されることが多い部分や原文リブレットとスパルティートとの違いなどのついては、イタリア・オペラについて深い造詣を持つピアニストの小谷彩子さんにご教示をいただいたことを感謝をこめて書き記すものである。また、昨年の《トスカ》、《椿姫》の対訳に続き、本書でも困難な編集校正の労をとってくださった今川祐司氏にも心から感謝するものである。

2005年6月末日　ローマの自宅にて
坂本鉄男

訳者紹介

坂本鉄男（さかもと・てつお）

1930年神奈川県生まれ。東京外国語大学イタリア科卒業。東京芸術大学講師、東京外国語大学助教授を歴任後、国立ナポリ大学〝オリエンターレ〟政治学部教授、2002年同大学を退官後もイタリア在住。日伊文化交流への功績により、イタリア共和国コンメンダトーレ勲章、日本国勲三等瑞宝章受章。
著書に『和伊辞典』（白水社）、『和伊・伊和小辞典』（大学書林）、『イタリア語入門』（白水社）、『現代イタリア文法』（白水社）、『イタリア歴史の旅』（朝日新聞社）、訳書に『オペラ対訳ライブラリー プッチーニ トスカ』、『同 ヴェルディ 椿姫』（以上音楽之友社）など多数。

オペラ対訳ライブラリー
ロッシーニ セビリャの理髪師（りはつし）

2005年 9月10日　第1刷発行
2024年 5月31日　第9刷発行

訳　者　坂本鉄男（さかもとてつお）
発行者　時枝　正
発行所　株式会社 音楽之友社
東京都新宿区神楽坂6-30
電話 03(3235)2111(代)
振替 00170-4-196250
郵便番号 162-8716
http://www.ongakunotomo.co.jp/
印刷　星野精版印刷
製本　誠幸堂

装丁　柳川貴代

Printed in Japan
乱丁・落丁本はお取替えいたします。

ISBN978-4-276-35569-9 C1073

この著作物の全部または一部を権利者に無断で複製(コピー)することは、著作権の侵害にあたり、著作権法により罰せられます。

Japanese translation©2005 by Tetsuo SAKAMOTO

オペラ対訳ライブラリー（既刊）

ワーグナー	《トリスタンとイゾルデ》 高辻知義=訳	35551-4
ビゼー	《カルメン》 安藤元雄=訳	35552-1
モーツァルト	《魔笛》 荒井秀直=訳	35553-8
R.シュトラウス	《ばらの騎士》 田辺秀樹=訳	35554-5
プッチーニ	《トゥーランドット》 小瀬村幸子=訳	35555-2
ヴェルディ	《リゴレット》 小瀬村幸子=訳	35556-9
ワーグナー	《ニュルンベルクのマイスタージンガー》 高辻知義=訳	35557-6
ベートーヴェン	《フィデリオ》 荒井秀直=訳	35559-0
ヴェルディ	《イル・トロヴァトーレ》 小瀬村幸子=訳	35560-6
ワーグナー	《ニーベルングの指環》（上） 《ラインの黄金》・《ヴァルキューレ》 高辻知義=訳	35561-3
ワーグナー	《ニーベルングの指環》（下） 《ジークフリート》・《神々の黄昏》 高辻知義=訳	35563-7
プッチーニ	《蝶々夫人》 戸口幸策=訳	35564-4
モーツァルト	《ドン・ジョヴァンニ》 小瀬村幸子=訳	35565-1
ワーグナー	《タンホイザー》 高辻知義=訳	35566-8
プッチーニ	《トスカ》 坂本鉄男=訳	35567-5
ヴェルディ	《椿姫》 坂本鉄男=訳	35568-2
ロッシーニ	《セビリャの理髪師》 坂本鉄男=訳	35569-9
プッチーニ	《ラ・ボエーム》 小瀬村幸子=訳	35570-5
ヴェルディ	《アイーダ》 小瀬村幸子=訳	35571-2
ドニゼッティ	《ランメルモールのルチーア》 坂本鉄男=訳	35572-9
ドニゼッティ	《愛の妙薬》 坂本鉄男=訳	35573-6
マスカーニ レオンカヴァッロ	《カヴァレリア・ルスティカーナ》 《道化師》 小瀬村幸子=訳	35574-3
ワーグナー	《ローエングリン》 高辻知義=訳	35575-0
ヴェルディ	《オテッロ》 小瀬村幸子=訳	35576-7
ワーグナー	《パルジファル》 高辻知義=訳	35577-4
ヴェルディ	《ファルスタッフ》 小瀬村幸子=訳	35578-1
ヨハン・シュトラウスⅡ	《こうもり》 田辺秀樹=訳	35579-8
ワーグナー	《さまよえるオランダ人》 高辻知義=訳	35580-4
モーツァルト	《フィガロの結婚》改訂新版 小瀬村幸子=訳	35581-1
モーツァルト	《コシ・ファン・トゥッテ》改訂新版 小瀬村幸子=訳	35582-8

※各品番はISBNの978-4-276-を略して表示しています